Alguien allá arriba te odia

Seix Barral Biblioteca furtiva

Hollis Seamon
Alguien allá arriba te odia

Traducción del inglés por
Alejandra Ramos Aragón

Título original: *Somebody Up There Hates You: A Novel*
Publicado por primera vez en Estados Unidos bajo el título *Somebody Up There Hates you: A Novel*

© 2013, Hollis Seamon
Publicado por acuerdo con Algonquin Books of Chapel Hill, una división de Workman Publishing Company, Inc., New York

Traducción: Alejandra Ramos Aragón
Diseño de portada: Genoveva Saavedra / aciditadiseño

Derechos reservados exclusivos en español para todo el mundo

© 2014, Editorial Planeta Mexicana, S.A. de C.V.
Bajo el sello editorial SEIX BARRAL M.R.
Avenida Presidente Masarik núm. 111, 2o. piso
Colonia Chapultepec Morales
C.P. 11570, México, D.F.
www.editorialplaneta.com.mx

Primera edición: febrero de 2014
ISBN: 978-607-07-2002-4

Impreso en los talleres de Litográfica Ingramex, S.A. de C.V.
Centeno núm. 162-1, colonia Granjas Esmeralda, México, D.F.
Impreso y hecho en México - *Printed and made in Mexico*

Para todos los chicos que conocí en Babies Hospital,
Columbia-Presbyterian Medical Center, 1967-1990.
Sus rostros llenan mis sueños y
sus voces aún resuenan en mis oídos.

Espera la muerte con alegría.
MARCO AURELIO, *Meditaciones*

PRIMERA PARTE

OCTUBRE 30 A NOVIEMBRE 1

1

No miento. ¡Oigan, soy completamente confiable, lo juro por Dios! Yo, Richard Casey, también conocido como el Increíble Chico Agonizante, en realidad vivo, de forma temporal, en el pabellón para enfermos terminales del que les hablaré. Tercer piso del Hospital Hilltop, en la ciudad de Hudson, en el gran estado de Nueva York.

Sólo déjenme contarles algo acerca de este pabellón en particular. Imaginen lo siguiente: justo frente al elevador que escupe gente hacia nuestra pequeña casita de enfermos, hay una *arpista* —bueno, yo en realidad le digo «arpía»—. ¡Es cierto! Todos los días allí, precisamente en el vestíbulo, una viejita canosa de largas y raras faldas se sienta junto a su enorme arpa graznadora y la rasguea con toda el alma —o ataca las cuerdas, como quiera que se diga—, y entonces el arpa produce esas dulces y cursis notas que se te atoran en la garganta.

Qué loco, ¿no? O sea, ¿no es un poco, digamos, prematuro? Porque, vaya, todavía no estamos muertos. Pero bueno, a veces, de alguna extraña manera, todo este asunto del arpa resulta bastante entretenido. Yo, por ejemplo, me puedo sentar en mi silla de ruedas el día que se me dé la gana y observar a la gente que baja del elevador para visitar a su agonizante pariente. Las personas llegan directamente a nuestro pequeño vestíbulo y la música las recibe de golpe; ellas dan un traspié, se tambalean y palidecen. Seguramente piensan, aunque sea solo por un segundo, que se saltaron todo el engorroso asunto de la muerte y el funeral, y llegaron directo al cielo. La mayoría da por lo menos tres pasos hacia atrás, y algunos llegan a presionar el botón del elevador, o incluso tratan de abrir las puertas con las manos para escapar como si tuvieran garras. Es fácil adivinar lo que piensan porque *ellos* no son los que se están muriendo, ¿verdad? Pero entonces, ¿*por qué* están aquí? ¿Cómo fue que terminaron en arpilandia? Se espantan tanto que me muero de la risa. Las enfermeras me dicen que la música de arpa es relajante y espiritual, y que les hace bien a los pacientes. Muy bien, les digo yo, de acuerdo, eso tal vez funciona para noventa y cinco por ciento de los pacientes que son mayores, los que tienen sesenta años o hasta más. Sí, bien. ¿Pero y yo? ¿Y Sylvie? Porque yo y Sylvie, les explico a las enfermeras y a los enfermeros, somos *chicos*. Somos *adolescentes* y también nos estamos muriendo. Así que, ¿qué pasa con *nuestros* derechos?

De acuerdo, admito que he sido un poco brusco porque las enfermeras en verdad son buena onda, y los ojos se les ponen llorosos cuando les digo esas cosas; y es que nadie, absolutamente nadie, quiere pensar en los niños que se mueren. Pero nosotros estamos agonizando y por eso les digo: *Ya, supérenlo.* Todos mueren, los chicos y las chicas. Así es el juego.

Pero vaya, en realidad no es eso de lo que quería hablar. Morir puede ser bastante aburrido si sólo lo haces y ya. Lo que es verdaderamente interesante es la vida, mucho más de lo que jamás habría imaginado cuando me vinieron a aventar aquí mientras daba de patadas e insultaba a todos.

En fin, el caso es que aquí suceden cosas muy locas, como lo que hicimos Sylvie y yo la noche anterior a Halloween justo frente al elevador. Fue épico.

Muy bien, será mejor que lo explique. Mi abuela —quien no es tan vieja como podrían imaginar porque las mujeres de mi familia tienen, generalmente por error, a sus bebés cuando todavía son muy jóvenes— me dijo una vez que cuando era niña, en Nueva Jersey había una onda que hacían la noche anterior a Halloween y que se llamaba la Noche de la Col. En esa noche especial los papás *enviaban* a sus hijos a la calle para que se divirtieran como locos. Mi abuela dice que en su casa solo había una regla para la Noche de la Col: tenías que regresar a la medianoche. Lo increíble era que te dejaban desvelarte hasta medianoche, ¡incluso entre semana! Pero además, hay un montón de cosas divertidas y también malas que se pueden hacer entre el ocaso —es decir, como la seis de la tarde— y la medianoche, ¿no es cierto? Ésta es la lista de actividades que la alocada abuela me contó que solían llevar a cabo: «Meternos corriendo a los jardines de los vecinos y saltar las cercas; gritar como haditas salvajes; lanzar huevos a todos y a todo lo que se nos atravesara; meter caca de perro en bolsas de papel, prenderles fuego a las bolsas, lanzarlas a la entrada de alguna casa, y luego ver al dueño de la casa —especialmente si era el papá de alguien— dándole pisotones a la bolsa para apagar el fuego y salpicarse de mierda hasta las rodillas; golpear a otros niños con sacos de harina hasta que todos parecieran fantasmas; robar cualquier cosa que nos gustara y que no estuviera clavada al piso; volcar las lápidas; amarrar a los niños *nerds* a las lápidas y dejarlos ahí como hasta las 11:58; romper botellas de cerveza vacías en las aceras —después de habernos bebido la cerveza que el tío buena onda de alguien más nos había comprado— y amenazar a los otros chicos con que les cortaríamos el cuello; dejar clavos parados en las calles con la esperanza de ponchar algunas llantas…».Y bueno, todo lo que se les ocurriera a los niños. Es decir, para mí es simplemente increíble que los padres *permitieran* que todo eso sucediera año tras año… Mi abuela dice que cuando era niña siempre regresaba a casa llena de moretones, cubierta de yemas de huevo, harina y cerveza, medio ebria y, por supuesto, agotadísima. Pero lo mejor de todo es que… a nadie le *molestaba*. De hecho, sus padres ni siquiera la esperaban despiertos; ella dice que sus papás pensaban algo así como que era mejor que los chicos sacaran toda esa mierda de sus sistemas una vez al año, en vez de que fueran dosificando maldad cada tercer día. Por eso los padres decían: «Vayan y acaben con este asunto, solo no maten a nadie, ¿entendido?».

Les juro que todo lo anterior es relevante para lo que les voy a contar sobre la breve presentación que Sylvie y yo hicimos la Noche de la Col porque, como creo que ya lo mencioné, seamos rehenes en un hospital para enfermos terminales o no, seguimos siendo *chicos*.

Por suerte, ese fue uno de los días que Sylvie se sintió suficientemente fuerte para levantarse. O tal vez se *hizo* la fuerte porque yo llevaba molestándola tres días con ese asunto y diciéndole lo divertido que sería. Pero bueno, el caso es que esperamos hasta las cinco y media de la tarde del treinta de octubre. La señora del arpa termina de tocar a las cinco a menos de que alguien solicite sus servicios, y a las cinco y media llegan los carilargos seres queridos de los enfermos a visitarlos. Además, a esa hora las enfermeras están súper ocupadas con las charolas de la cena y montones de cosas más. Esto fue lo que hicimos:

En nuestros respectivos cuartos nos pusimos los tétricos atuendos que ya habíamos planeado. Llegamos silenciosamente en sillas de ruedas hasta el vestíbulo y nos apropiamos del lugar del arpa. Permanecimos sentados en las sillas con el espantoso maquillaje de la muerte que nos hicimos: piel color verde pálido, enormes círculos negros alrededor de los ojos y rayitas de sangre que nos colgaban de la boca. (Uno de los hermanitos de Sylvie le trajo su estuche para maquillarse de vampiro y tuvo la amabilidad de no contarle a nadie. Muy buen chico él). También teníamos mis camisetas de colección de Black Sabbath, y Sylvie —me sorprendió que la chica mostrara tanta energía pero supongo que fue porque de verdad le echó ganas— fabricó un enorme trinche rojo de diablo con un atril de administración intravenosa. De hecho, lo pintó todo con barniz para uñas. Fue un proyecto serio al que ella se aferró. Yo puse uno de los discos de *rave* de mi tío—con toda su estridente distorsión— en el reproductor de CDs que me coloqué sobre el regazo, y luego, cada vez que algún pobre tonto salía del elevador le subíamos el volumen hasta el tope, y yo levantaba mi letrero que, con letras trazadas entre llamitas falsas, decía: TODOS BAJAN, ¡¡¡SÍ, NOS REFERIMOS A TI!!!! Cada vez que alguien emitía un grito ahogado y daba un paso hacia atrás, Sylvie y yo nos reíamos a carcajadas y berreábamos como demonios poseídos.

Estoy de acuerdo en que era una broma infantil… pero divertidísima. Sylvie, sin embargo —esa chica es mucho más ruda de lo que ustedes imaginarían, dado que mide metro y medio nada más y está calva—, quizás llevó las cosas un poquito demasiado lejos. Verán, ella planeó algo que no me contó, algo que era totalmente adecuado para la tradición de la Noche de la Col, pero que se le ocurrió a ella y no compartió conmigo. Y lo mejor de todo es que hizo la broma sin siquiera parpadear.

Esto fue exactamente lo que hizo: estiró la mano hasta su espalda y sacó un encendedor y tres cajas de pañuelos desechables. Lo hizo rapidísimo. Luego les prendió fuego a las cajas con el encendedor—una, dos, tres—, y las arrojó al suelo. ¡Lo juro! Y entonces aparecieron flamas de verdad por todos lados. Fue solo como por un milisegundo pero el infierno se desató de verdad. Enfermeras, doctores, cuidadores, voluntarios, consejeros, gente del servicio de comidas y tal vez hasta sacerdotes y rabinos —siempre hay unos seis tipos de negro deambulando por nuestro pequeño vestíbulo— llegaron corriendo y gritando, y como nueve mil zapatos pisotearon los pequeños tres incendios.

Sylvie y yo aullamos de risa. Reímos tanto que casi nos caímos de las sillas. No podíamos parar, ni siquiera cuando todo mundo comenzó a gritarnos y a decirnos que volviéramos a nuestros cuartos y no saliéramos de nuevo. Y es que eso fue todavía más gracioso, que nos castigaran como si fuéramos niñitos. Vaya castigo. O sea, ¿qué nos iban a hacer? ¿Matarnos? ¿Sentenciarnos a muerte?

Pero en serio, para mí la mejor parte fue cuando uno de los visitantes, el hijo de la señora Elkin —lo conozco porque una vez jugué *rummy* con él en la sala para familiares— me sujetó del brazo y me gritó en la cara:

—*¿Qué te pasa*, Richie? ¿En dónde está tu respeto? ¿Qué demonios *te pasa*? En serio.

Y entonces pude decir una de mis líneas favoritas, la que usaba cientos de veces al día, cuando algún sacerdote, terapista, rabino, enfermera, interno, intendente, visitante o quien fuera me preguntaba qué diablos me pasaba. Y es que parece que no entienden. Claro, soy demasiado chico para estar aquí, ¿no?, ¿qué pasa? Las conversaciones son más o menos así: Ellos dicen:

—¿Por qué estás aquí? ¿Qué te pasa, hijo?

Y entonces yo pongo mi cara seria y mirada inocente:

—Tengo el síndrome de AAATO.

Luego la gente se queda en blanco y por lo general solo dice:

—¿Ajá? —entonces puedo repetirlo.

—El síndrome de AAATO. Son unas siglas. —Algunos ni siquiera saben lo que eso significa, pero siempre hago una pausa y luego les explico—. Tengo el síndrome de Alguien Allá Arriba Te Odia.

¿Saben? Pienso que es un diagnóstico bastante bueno, ¿no creen? Para mí, para Sylvie y para cualquiera de nuestra edad que termina aquí o en lugares similares, después de lo que en nuestros obituarios pronto se describirá como «una valiente batalla contra la/el… (llene el espacio en blanco)».

Porque, ¿de qué otra manera explicarían lo que nos pasa? El síndrome de AAATO es la única maldita respuesta lógica.

Bien, de cualquier forma, esa fue la última vez que vi a Sylvie salir de su habitación en un par de días. Creo que la experiencia, todos los preparativos y la emoción la desgastaron demasiado. Es decir, tampoco puedo fingir que conozco muy bien a esta chica porque sólo supe de ella al ingresar a este pabellón. Yo llegué primero. Un día o dos después llegó ella y nos conocimos en el vestíbulo, y les juro por Dios que los dos preguntamos exactamente al mismo tiempo lo que siempre nos preguntamos los chicos hospitalizados permanentemente:

—¿Y tú por qué estás aquí, amigo?

Y ella dijo, porque, como ya lo mencioné, es más ruda que yo y, en serio, nunca se anda por las ramas:

—Estoy aquí porque estos imbéciles creen que me estoy muriendo, pero no es así.

Entonces yo le dije con dificultad, porque a veces como que se me traba la lengua cuando estoy con algunas chicas, y en especial si son buena onda y sofisticadas como Sylvie:

—Ajá, sí, yo también.

Pero en realidad no sabía «yo también» qué, si yo también me estaba muriendo o no; porque en ocasiones la situación no es tan clara como se podría pensar, es decir, a pesar de que te llamen *paciente terminal*, o sea, ¿realmente quién puede asegurarlo?

Bueno, el caso es que en la Noche de la Col, Sylvie pudo meterse en problemas como lo haría cualquier chica que no estuviera enferma del síndrome de AAATO. Cuando su familia llegó al lugar, su padre le echó bronca como por una hora. Lo escuché todo. Luego se desquitó con el hermanito que nos trajo el maquillaje, y el niño salió corriendo del cuarto de Sylvie como conejito asustado. Ese hombre de verdad que tiene mal carácter. También la mamá de Sylvie gritó, y luego se sentó en el vestíbulo a llorar.

Pero déjenme aclarar algo ahora mismo: valió *muchísimo* la pena. Al menos por un segundo, esas llamas fueron reales: ardientes, fulgurantes, o sea, totalmente reales, y unos cuantos minutos después todavía se podía oler el humo en lugar del rancio aire del hospital. Era humo de verdad y, vaya, además Sylvie se maquilló y eso fue diversión adicional. Sé que le gustó maquillarse porque, ya saben, aunque ahora luce como si trajera disfraz de Halloween todo el tiempo por la enfermedad, es una chica después de todo. Yo puedo verla todavía. Me refiero a la verdadera chica detrás de la máscara de la muerte.

2

Esto fue lo que sucedió a continuación: después de toda la representación de la Noche de la Col, yo estaba rendido. Y les puedo asegurar que estar rendido en este momento de mi vida es algo distinto a cualquier cosa que ustedes hayan experimentado antes. Porque, seamos sinceros, mi condición física es bastante mala. Es decir, no quiero regodearme en los detalles de la enfermedad y todo eso porque el asunto es muy aburrido y produce náuseas, pero debo decir que las cosas se ponen un poco rudas, en especial por la noche. Y me refiero a una noche ordinaria, ¡ahora imaginen en la Noche de la Col! Me gustaría poder decir que me quedé despierto hasta la medianoche como solía hacerlo mi abuela, pero no fue así. Como a las siete y media sólo rodé mi silla hasta mi cuarto y me quedé veinticinco minutos sentado en ella, temblando y tratando de no vomitar, hasta que llegó Jeannette —una de mis enfermeras favoritas, una mujer negra que sonríe a la menor provocación— y me dijo:

—Veamos, veamos, señor Diablillo, ya no te ves tan vigoroso ahora. ¿Necesitas ayuda?

Yo traté de reír pero tenía el rostro tieso y sucio por el maquillaje, y además las tripas se me retorcían. Por suerte ya no como mucho. Yo mismo lo decidí. De hecho se trata de un simple asunto de sentido común para la gente que se encuentra en nuestro estado: si no comes, no tienes que ir al baño. Porque, si alguna vez se sentaron en un cómodo rosado de plástico, con gente dando vueltas cerca de la cama para darles palmaditas en la espalda y sostenerlos de las axilas, y estuvieron ahí atrapados mientras los intestinos hacían lo suyo sin miramientos, entonces me entienden bien. En el pabellón para enfermos terminales nadie te fuerza a comer, ni siquiera a tomar bebidas energéticas. Si eliges entrar a esa dulce noche permanente con un poquito más de gentileza, la gente de aquí lo acepta sin problemas. En fin, antes de alguien pudiera decir «¡bu!», Jeannette ya tenía en las manos un paño humedecido con agua tibia y me estaba enjuagando la cara. Reía para sí misma mientras sumergía el pañito, que antes era blanco, en la palangana llena de agua revuelta de colores verde, negro y rojo. Se reía y sacudía la cabeza. Cuando acabó me sujetó por debajo de los brazos y me levantó hasta el colchón como si fuera un niño de tres años, porque vaya, esta mujer es muy fuerte. Y claro, yo soy delgado, pero he crecido bastante este año. Calculo que, más o menos, ya mido un metro noventa. Por eso me agrada que, tal como lo indica la encuesta no científica Richie Casey, llevada a cabo durante como un millón de años, dentro y fuera de una asombrosa cantidad de hospitales, ochenta y dos por ciento de las enfermeras son gorditas. Se debe a que, debajo de toda la grasa tienen bastante músculo y, hombre, vaya que pueden levantar cosas pesadas. Es el tipo de detalle que uno llega a apreciar cuando a la mayor parte de la fuerza de tus músculos se la llevó el viento; cuando tus piernas son como palillos y tu caja torácica parece el cadáver del pavo a la mañana siguiente del Día de Acción de Gracias. ¡Ah!, y más o menos cincuenta y cuatro por ciento de las enfermeras fuma. Por supuesto, ellas saben que es un hábito letal, pero, tomando en cuenta todo lo que escuchan y huelen diariamente, ¿ustedes las culparían? A mí también me encantaría fumar y, pensándolo bien, creo que es algo que también nos deberían permitir aquí en el pabellón, ¿no creen? Voy a comentarlo con los administradores, lo juro. Lo voy a añadir a mi lista.

Jeannette se peleó un ratito con las sábanas y luego apoyó las manos en su cadera y me sonrió.

—Debo admitir que ese dramita que hiciste fue divertido, amigo mío. Tú y tu novia rompieron con la monotonía y eso me alegra mucho. —Pero luego su sonrisa se tornó en un furioso gesto de enojo, más atemorizante que cualquier máscara jamás vista. Fue como si a Jeannette le salieran colmillos y sus ojos empezaran a lanzar chispas, lo juro por Dios—. Solo que si ustedes dos vuelven a encender una fogata en este lugar, lo van a lamentar muchísimo. Si los vuelvo a ver con un encendedor o cerillo, o si los encuentro frotando dos varas para hacer fuego, se van a arrepentir en serio. Y con eso quiero decir, en serio, ¿entendiste?

—Sí, señora, entendí —contesté, pero la verdad es que estaba tan conmocionado porque alguien se había referido a Sylvie como mi novia, y porque sugirió que éramos pareja, que creo que ya no pude seguir prestando atención a lo demás.

Luego de eso Jeannette me dio una fuerte palmada en el hombro, con la que me pegó un nuevo parche medicado. Es Fentanil: cincuenta miligramos cada tres días; muy buen material. No tan bueno como el Dilaudid por intravenosa, pero ya me cansé de las agujas. No más golpecitos ni piquetitos ni pinchazos; eso quedó en el pasado. Y además, con el Fentanil todavía pueden aumentar mi dosis, aunque bueno, siempre que pregunto me dicen que lo harán después. Creo que hay parches hasta de cien miligramos. Y después de eso, directo a la morfina, cualquier dosis a cualquier hora, me lo prometieron. Siempre es agradable tener planes para el futuro.

Jeannette también me frotó en la muñeca el gel anti náuseas al que yo llamo «vomitocero», y me quedé feliz como una almejita. Me fui quedando dormido en un universo en el que Sylvie y yo íbamos juntos al cine para ver una comedia romántica porque ella me había convencido, pero no había problema porque la semana siguiente iríamos a ver la nueva de Terminator para complacerme a mí. Y luego salíamos e íbamos por una pizza de pepperoni, salchicha y doble queso, y fajábamos un rato en el enorme sofá que está en el sótano de su casa. Ella me dejaba llegar más lejos que nunca antes, y mis manos la recorrían por completo, estaban por todas partes. También había labios y lengua, o sea, yo casi llegaba al cielo.

Pero luego fue a visitarme el mismísimo diablo: el padre de Sylvie. Olía a humo de Marlboro y a whiskey, y tenía el rostro sudoroso y enrojecido, casi amoratado. En sus mejillas había cerdas de puercoespín, vaya, en fin, el hombre sólo entró a mi cuarto sin siquiera tocar. Esa es una de las peores cosas de este pabellón y de todas las habitaciones de hospitales de la tierra: que *cualquiera* puede entrar cuando se le da la gana. Nadie toca a la puerta. En este lugar no hay ni un ápice de privacidad. Aunque, claro, nuestros cuartos tienen puertas, y a veces las podemos mantener cerradas hasta como por doce segundos. Por desgracia esas puertas también tienen ventanas, o sea, son totalmente transparentes. Así que ahí está uno en exhibición, noche y día. Eso es suficiente para hacer llorar a cualquier chico ya grande. Y ni siquiera trates de pegar en la ventana un póster o colgar una toalla porque nada atrae más a una legión de enfermeras iracundas y terapeutas inquietos que eso.

Esto es lo que me gustaría decir al respecto, decirles a todos. Escuchen: somos adolescentes y, en casa, en las puertas de nuestras habitaciones tenemos letreros que dicen NO MOLESTAR. Y seguros, ¡dah! Ahí le azotamos la puerta a cualquiera en las narices y nos quedamos solos, encerrados a piedra y lodo en nuestros santuarios. Libres al fin, gracias a Dios Todopoderoso... libres al fin.

Pero, ¿y aquí? Claro que no, demonios. Por ejemplo, aquí la madre y los tres hermanitos de Sylvie dan vueltas en su cuarto todo el día, todos los días. Hora a hora, minuto a minuto, *todo el santo día*. Los chiquitos, que creo que son gemelos, pasan sus carritos de Matchbox por los barandales de la cama, y el más grande, el que nos trajo el maquillaje, se sienta en una esquina a leer una pila de cómics. Su madre sobreprotege a Sylvie todo el tiempo, con los ojos enrojecidos y el rostro hinchado. En una ocasión escuché que Sylvie le gritaba a su madre quien, seguramente, solo le había preguntado algo tan sencillo como:

—¿Quieres otra almohada, cariño?

Pero Sylvie sólo gritó de plano:

—¡No, no quiero! Quiero que me dejes en paz. Déjame en paaaaaaaaaaaaaaaz.

Les juro por Dios que esa letra duró como veinte segundos, hasta que Sylvie se quedó sin aire. Y entonces, su madre —una señora italiana bajita de pelo oscuro, gordita y abrazable— y sus tres hermanitos salieron disparados de ahí llorando. Luego escuché a Sylvie quejándose en su cama:

«Mierda, mierda, mierda, mierda, mierda». Por eso no me acerqué para nada en toda la tarde. Después de eso los niños no volvieron a venir por la noche, y su madre empezó a irse a casa como a las siete. Ahora, quien se queda a acampar en el catre del cuarto de Sylvie, es su padre. La rutina diaria sigue abierta al público: la madre y los hermanitos todo el santo día, y su padre en la noche. Sin embargo, cuando el padre está ahí, Sylvie jamás, en serio, jamás, le grita.

Pero déjenme aclarar lo siguiente: ese hombre me espanta como no tienen idea, incluso cuando *no* estoy soñando con su hija. El hecho de que su hija se esté muriendo tiene al individuo tan enojado, furioso, triste y todo lo demás, tan… —ni siquiera sé cómo decirlo—, tan vapuleado por una fuerza nuclear, que el tipo expide gases tóxicos. En serio, tiene un resplandor color anaranjado y huele a huevos podridos; lo que corre por sus venas es sulfuro, lo juro. Odia a todo mundo. Sylvie dice que es abogado pero no estoy seguro porque, en mi opinión, se parece más al maldito Padrino.

Y es precisamente este hombre el que entra a mi cuarto pisando fuerte y se inclina sobre mi cama la mismísima Noche de la Col… (Hablando de trucos crueles, por cierto). Como yo me encuentro un poco drogado, medio caliente y sumamente agotado, toda esta situación tiene eso a lo que podríamos llamar un tono onírico. Es el peor escenario posible dentro de una pesadilla, hecho realidad. Primero, el individuo agita el barandal metálico de mi cama y luego se inclina y susurra:

—¿Estás despierto, sabelotodo?

Yo abro los parpados y veo que sus ojos inyectados de sangre están a tres centímetros de los míos y que su aliento de dragón me cubre toda la cara. Por si acaso, meto una mano por debajo de la sábana y ubico el botón rojo para llamar a los enfermeros porque la cuestión es que, en estas camas, uno está completamente indefenso. Son una maldita *cuna* y tú eres como un *bebé*; una presa fácil. Y por eso la única forma de recibir ayuda es oprimiendo el botón de llamado.

—Sí, señor, estoy despierto —le contesto.

Él se inclina aún más.

—Entonces escucha, imbécil: mantente alejado de Sylvia. Déjala en paz. —Luego sus ojos se humedecen—. ¿Sabes lo cansada que está por tu estúpida travesura? Se quedó tirada en su cuarto y la enfermera apenas si pudo medirle la presión. Fue como... como, no sé. Me asusté muchísimo, tarado. —El padre de Sylvie se estira y sujeta el frente de mi camiseta de colección de Black Sabbath—. No sé qué tipo de perra de la calle te crió, ni por qué tus padres ni siquiera están aquí, pero ahora voy a ser su reemplazo, ¿entendiste? Y si vuelves a acercarte a Sylvia te voy a...

Pero no termina la oración porque de pronto me siento y comienzo a dar alaridos, a aullar y a agitarme. Porque nadie, absolutamente nadie puede llamar a mi madre perra de la calle. Y antes de que diecinueve personas corran hasta mi cuarto, le doy un buen puñetazo en la boca y lo alejo de mi cama. No lo hago demasiado fuerte, pero antes de que Edward, el enorme enfermero gay, lo saque de un empujón, tengo la satisfacción de alcanzar a ver que le escurre sangre del labio. Verán, a Edward no le agrada este hombre porque, según escuché, hubo un incidente en la sala de enfermeros tiempo atrás. Ese tipo de anécdotas vuelan por todos lados como murciélagos dementes; pasa con cualquier tipo de emoción, con cualquier chisme. Es decir, es el pan nuestro de cada día, y ese día, el del incidente, hubo gritos y groserías, y llamadas a los guardias de seguridad y todo ese tipo de cosas que inyectan vida. O sea que, en resumidas cuentas, digamos que Edward no es admirador del jefe de Sylvie, y eso es genial porque, créanme, vale la pena tener a Edward de tu lado. Espero que siempre esté conmigo porque me protege.

Jeannette se sienta un rato conmigo y me limpia los nudillos porque me los acabo de reventar con los dientes del señor. Me pone gasa alrededor de la mano derecha al mismo tiempo que suspira, chasquea la lengua y habla entre dientes. Yo trato de explicarle lo que sucedió pero sólo llego hasta:

—Es que él dijo que mi mamá era una...—y entonces Jeannette me acalla con una palmada en el hombro.

—Lo sé, cariño, pero ahora sólo debes recostarte y descansar porque tu corazón late demasiado rápido y eso no me agrada. Ya, silencio.

Entonces me duermo mientras ella me acaricia la frente; es casi como si mi madre estuviera conmigo. A pesar de que había estado bastante contento porque sabía que mamá *no* estaría ahí por algún tiempo, me parece que ahora quisiera estar con ella. No lo sé, es algo muy complicado, ¿no es cierto? Me refiero a las familias; a los adolescentes y los padres. Es un asunto muy extraño.

Este es uno de los aspectos de los hospitales para enfermos terminales que vuelven locos a todos: las familias. En los pabellones de los hospitales convencionales llevan un control de cuántos familiares se pueden aparecer por ahí y molestarte, y de las horas de visita y los momentos en que se supone que no debería haber nadie ahí para que tú puedas descansar un poco. (Claro, lo anterior no aplica para las familias puertorriqueñas en los hospitales grandes de Nueva York porque, diablos, allá nadie puede mantener a esa gente fuera: llegan los abuelos, los tátara algo, diecisiete tías con tres niños cada una, y eso sin contar a los padres y los hermanos. Todos llegan con comida envuelta en papel aluminio y recipientes que huelen a ajo, cebolla y especias. Toda la *raza* entra y sale noche y día. Las mejores comidas de mi vida han sido las que me ha invitado algún compañero puertorriqueño o dominicano, o latinoamericano en general. O… pensándolo bien, también cuando compartí cuarto con un judío ortodoxo porque, entonces, los familiares llegaban con todo tipo de alimentos *delicatessen*. Vaya, y las noches de los viernes montones de personas subían por las escaleras porque no se permitían usar los elevadores, y encendían velas en la habitación y sacaban pan fresco y pollo rostizado. Era toda una celebración. Este es el consejo gratuito de Richie para todos: si van a pasar algún tiempo en el hospital, digan que tienen que comer *kosher*. Porque como en las cocinas de los hospitales no pueden preparar este tipo de alimentos, los piden del exterior. Falda de res, *bialy*, picadillo de carne en pan de centeno, pastel de fideos y todas esas delicias).

Pero aquí, todo es distinto. No hay reglas para las horas de visita ni para limitar a los invasores. Aquí, como tanto les gusta recordarnos, «el tratamiento es para toda la familia». ¡Genial! Por eso la gente se desparrama de algunos cuartos, e incluso todavía a medianoche hay personas echadas por todo el lugar, aburridas, impacientes, estresadas y con el trasero adolorido. Así, sin parar. Es como vivir en el metro, qué porquería.

Pero bueno, volviendo al tema de mi madre, aquí la versión corta de la historia. Siempre que estoy en el hospital, mi madre me visita a la hora que sale a comer y también ya tarde por la noche, y duerme en el catre, el sillón o cualquier rincón de mi cuarto donde se pueda acurrucar. Es decir, ella ha repetido esta rutina desde que yo tenía once años y comencé a vacacionar demasiado en los hospitales. Algunas de mis estancias fueron de, vaya, montones de meses. Otras, solo de algunos días, pero ella siempre ha estado ahí, hecha bolita en algún catre nauseabundo, toda la noche… todas las noches. No puede estar conmigo todo el día porque tiene que seguir trabajando. Me dio a luz cuando tenía exactamente mi edad, diecisiete años; como solo éramos ella y yo, estaba obligada a tener dos empleos. Siempre tomaba lo que podía conseguir pero, por suerte, es buena para las matemáticas y puede llevar contabilidad y cosas así. A veces, por desgracia, solo conseguía cosas como un empleo de cajera en el Price Chopper. Siempre trabajaba de sol a sol y pagaba, ella misma, solita, nuestros seguros médicos.

Hace poco, sin embargo, mamá tuvo que solicitar permisos para faltar a sus dos trabajos. Todo comenzó cuando la palabra «terminal» comenzó a aparecer demasiado en mis reportes médicos y cuando, finalmente, el término «pabellón para enfermos terminales» se transformó en mi dirección temporal permanente. Mi madre, quien, en toda mi vida jamás tuvo la oportunidad de sentarse y descansar un domingo, se vio obligada a dejar de trabajar y aceptar lo que el cabrón de su jefe llama «permiso por compasión», es decir, sin paga. Pero, o sea, ¿qué tan compasivo es eso? En fin, ella dice que no le molesta. Lo que importa es que ha estado conmigo día y noche, y les juro que se ve más enferma que yo. Tiembla y llora, y cada media hora tiene que salir a fumarse un cigarro. En las noches, cuando regresa, dejo que me dé el beso de las buenas noches como si yo tuviera dos años; luego se queda dormida y la veo hecha un ovillo en ese asqueroso sillón, con las mejillas hundidas y los ojos hinchados, y entonces pienso que voy a perder los estribos. Cosa que a veces pasa, porque es la única maldita ocasión en que la tristeza se desborda y quiero matar a cualquiera que lastime a mi madre y, sí, me doy cuenta de que nadie más en el mundo podría lastimarla como yo lo hago ahora. Y eso es lo peor de todo: es el síndrome de AAATO con ganas de la revancha. Es una mierda, todo esto lo es.

Respira profundo, Richard, déjalo ir. Listo. Tres inhalaciones más. Cuenta de cien a uno. Noventa y nueve. Noventa y ocho. Noventa y siete. Noventa y seis. Noventa y cinco. Noventa y cuatro. Noventa y tres…

Muy bien, entonces, esta semana tengo una prórroga porque mi mamá tiene gripe. Fiebres altísimas, tos de perro y todo el numerito. Quizá le hagan unos asquerosos exámenes que tiene pendientes y le saquen sangre. Y es que, vaya, hay algo que el pabellón no les permite a los visitantes: que tengan gripe. Qué locura, ¿no? Porque, es decir, todos aquí nos estamos muriendo de cualquier forma, pero no dejan que nadie acelere el proceso con el amistoso empujoncito de un virus travieso. Ni siquiera me pregunten, es ilógico; cada vez que le busco la lógica a algo me empieza a doler la cabeza.

Me asusté mucho cuando supe que mi mamá estaba realmente enferma. Es gracioso pero me preocupé por su salud, lo cual, permítanme decirles, es un revés bastante raro. Y de pronto también me cayó el veinte: iba a tener toda una semana sin que mi madre me supervisara. Era como el nirvana adolescente, la semana que todos sueñan tener a los diecisiete años, la semana que tus padres te dejan solo en casa. Naturalmente llaman por teléfono dieciocho veces al día, pero llamar no es ver, ¿no es cierto? Llamar no es lo mismo que supervisar minuto a minuto. Porque una llamada telefónica no puede ver la pirámide de cervezas que está detrás de ti ni las rebanadas de tocino a medio freír que están pegadas al techo porque tus amigos hicieron un extraño concurso de lanzar cosas. La llamada es solamente una especie de bandita de curación para el tremendo naufragio adolescente.

Así que, claro, mamá me ha llamado con frecuencia toda la semana. Llamó y llamó, y llamó y llamó. Y dijo que estaba mejorando de la gripe día con día, que podía dejar de preocuparme. Pero yo sabía que también el tiempo que me quedaba de libertad relativa, era poco.

Claro que, mientras pudiera, me iba a portar lo peor posible. Ese era el plan. Pero todos sabemos lo que les pasa incluso a los planes mejor diseñados, y a los más torpes también, ¿no? ¡Claro que lo sabemos, maldita sea!

3

Despierto el día de Halloween sintiéndome bastante agotado. Tuve un sueño en el que también era la mañana de Halloween, pero hace mucho, mucho tiempo. Era como si hubiera vuelto uno de los mejores días de mi vida, como si todos estos años sólo hubiera estado atorado detrás de mis párpados esperando que yo lo reviviera. Esa época del año siempre fue mi favorita: era la mejor celebración del mundo para los chicos, y le seguían, directamente, los preparativos para mi cumpleaños, que es el doce de noviembre. O sea, era como el paraíso de los niños. En el sueño las cosas eran como alguna vez lo fueron hace mucho, mucho tiempo. Tal vez yo tenía como ocho años y estaba completamente enloquecido de emoción por mi disfraz de hombre lobo. Esto fue unos tres años antes de que los verdaderos monstruos entraran en mi vida: los cirujanos, oncólogos, radiólogos, y todos esos tipos con cuchillos, venenos y rayos letales. No, esto era todavía en los días buenos, cuando los monstruos solo eran una fantasía.

Bueno, de cualquier forma, igual que en la vida real, en mi sueño mi mamá había tejido unas hebras de lana café a un suéter de cuello de tortuga color café, a unos pan-

31

talones de pana también color café, e incluso a un viejo par de guantes de trabajo… de color café. Y luego pegó más lana a unas botas café para que yo me viera peludo de todas partes. También me compró una de las máscaras más increíbles de todos los tiempos a pesar de que con eso se acabó buena parte de su cheque de la quincena en la tienda de Halloween del centro comercial de Albany. En octubre siempre hacíamos un viaje especial a esa tienda que, por cierto, era justo como me imaginaba el paraíso. Estaba oscuro pero había luces verdes y rojas parpadeando por todo el lugar, y se escuchaban cintas con gritos grabados permanentemente. Había todo tipo de máscaras colgadas de la pared. Yo solía creer que detrás de los muros vivían criaturas y que solo sacaban la cabeza para que yo supiera que estaban ahí. También había capas largas, espadas, armaduras y… y todo era demasiado costoso, pero mamá siempre me dejaba comprar algo increíblemente padre, todos los años. Ese en particular, fue la máscara de hombre lobo, que tenía un largo hocico abierto con enormes colmillos y la lengua roja, todo de hule. En la parte superior estaban las orejas de lobo bien aguzadas y piel de colores gris y negro. Me encantaba esa máscara; prácticamente no me la quitaba, ni siquiera para comer. Así que ahí estaba yo saltando por todo nuestro departamentito, vuelto loco porque iba a llevar el disfraz a la escuela para el desfile que haríamos por la tarde en el patio, y mi mamá se reía de mí mientras empacaba la ropa en una bolsa de plástico. «Cálmate, hijo, tienes que esperar un rato, Rich-Man», me dijo y luego se inclinó y me pasó una mano por el cabello.

Entonces el sueño cambió y de repente ya estaba yo en el desfile. Les puedo jurar que en ese mundo de sueños mío pude ver a todos y cada uno de los niños de mi grupo de tercer grado, sus rostros y disfraces. Todos estaban allí, tal como eran cuando tenían ocho años. Vi sus rostros con la claridad del día. También percibí el interior de la máscara: olía a hule sudoroso y al Snickers que había comido. Todo era perfecto; estábamos fuera, el día era clarísimo y las hojas crujían al pisarlas. Nos dieron permiso de aullar y gritar, siempre y cuando nos mantuviéramos formados. Además, yo sabía, como uno siempre sabe en sus sueños, que Sylvie estaba en la misma fila, solo que un poco más adelante, a una persona de distancia. Era como si solo hubiera ido para el desfile, como si fuera la niña nueva del salón. Entonces volteó y la vi como nunca la había visto antes, bueno, tal vez excepto en algunas fotografías que estaban pegadas en el corcho de avisos de su cuarto: era Sylvie con cabello largo y negro, fulgurantes ojos color café y hoyuelos en sus redondas mejillas; iba disfrazada de bruja con un sombrero puntiagudo al que ella misma le había pintado lunas y estrellas, y un vestido negro largo que arrastraba por el piso. Entonces me di cuenta de que se iba a tropezar con su falda de bruja, así que corrí hasta ella —oh, por Dios, vaya que soy un hombre lobo travieso—, levanté el borde de la falda y marché detrás mientras ella me sonreía por encima del hombro todo el tiempo. Pero de pronto el viento sopló con fuerza y todo, ¡pff!, se fue volando. Sólo me quedé con un trocito de tela negra en el guante, pero la mayor parte de la lana se había caído de mis botas.

Eso, claro, es suficiente para romperle el corazón a cualquiera, así de sencillo: el Halloween perfecto se desvanece en un segundo. Y es que, en esta época, los sueños pueden hacer eso, romperme el corazón. Pero, hay algo más. De pronto me despierto y ahí está el Hermano Bertrand, que es una especie de sabiondo de la religión. No sé a qué denominación pertenece, pero eso no importa porque a todos los religiosos sólo les llamo «Hermano Loquesea». Incluso si son mujeres. Es que, en mi opinión, esa forma de llamarlos tiene justamente el tono de desprecio que me gusta mostrarles a los representantes de ese Alguien Allá Arriba, pero claro, sin ser totalmente irrespetuoso. A algunos solo les da risa.

Bertrand está sentado en mi cama y tal vez lleva horas mirándome mientras yo duermo inocentemente. Es un ataque a hurtadillas. Sé que ha estado ahí murmurando por mi inservible alma, por eso emito un quejido, le doy la espalda, me encorvo y finjo que doy arcadas. Pero él no deja de murmurar.

—Vete de aquí, amigo —le digo entre gemidos—. Ya te dije que no quiero hablar contigo, déjame en paz. Estoy enfermo.

Supongo que valía la pena intentarlo a pesar de que ya sé que el Hermano no se desanima con facilidad. Además, tengo la fuerte sospecha de que mi mamá le pidió que me echara un ojo mientras ella no pudiera venir. Seguramente se lo pidió a él, a otros nueve consejeros y quién sabe a quién más. Con gripe o sin gripe, no piensa perderse un solo detalle.

Por eso no me sorprendo mucho cuando el tipo empieza a decir:

—No, Richard, Dios no te ha abandonado y yo tampoco lo haré.

Entonces giro y abro un ojo, pero eso es todo lo que puedo soportar. Bertrand tiene como treinta y cinco años y es el tipo más desaliñado que he conocido. O sea, su saco negro y el cuello blanco siempre se ven como si alguien los hubiera embarrado de huevo con los dedos. Es pálido como fantasma, sumamente gordo, y sus dedos parecen gusanitos blancos. Además, tiene el cuero cabelludo rosado y grasoso, y de él sale como disparado su brillante cabello rojo. Les juro que es como si todos los días por la mañana lo primero que apareciera al lado de la cama fuera un payaso mugriento y regordete. Creo que en el Mundo Real nadie soportaría algo así, ni siquiera por tres segundos. Es decir, si esto fuera un hotel, alguien llamaría al gerente y haría que la gente de seguridad echara al tipo a la calle a patadas. Y entonces alguien más pediría ayuda a gritos a los policías y a los camareros. En los periódicos se leería: LUNÁTICO INVADE HABITACIÓN PRIVADA, HACE ORACIÓN NO SOLICITADA MIENTRAS HUÉSPED DUERME. USÓ UN CRUCIFIJO Y UNA BIBLIA COMO ARMAS.

¿Pero aquí? No. Aquí precisamente la mañana de Halloween el lunático se sienta en una silla verde de plástico de cuyos lados se desparraman sus nalgas, y me sonríe mientras yo todavía estoy en la cama. Y no hay nada que pueda hacer desde este corral de metal.

Así pues, el viejo Bertrand levanta la vista de su Biblia y me dice:

—Anoche sí que hiciste toda una escenita. —Yo sólo lo fulmino con la mirada—. En primer lugar —continúa al tiempo que ignora los rayos mortales que le lanzo a su rosado cráneo—, es muy arriesgado invitar a Satanás a entrar a tu vida, aunque solo sea un juego. Porque Satanás no juega, él espera todo el día la oportunidad. Tu disfraz y tu actitud de ayer fueron una tontería. —El Hermano sacude la cabeza, y las púas de cabello anaranjado se erizan—. Es mi deber preguntarme por qué una persona en tu situación querría arriesgarse a atraer el mal a su vida. ¿Y por qué, me pregunto, querrías invitar a esa pobrecita niña a participar en tus disparates?

En ese momento abrí el otro ojo y le lancé una mirada de dobles rayos mortales.

—Oiga, ¿sabe qué, Hermano? —le pregunto en un tono áspero—, tiene razón. Tiene absolutamente toda la razón, es usted un genio. Ya lo adivinó, eso fue lo que sucedió: el mismísimo diablo me visitó anoche, me exhaló fuego y azufre de frente. ¿Y sabe lo que hice? Le di un puñetazo en la cara. —Entonces levanto la mano para que vea los nudillos vendados—. Le pateé el trasero sin miramientos, así que mi alma está a salvo, amigo. Ya puede usted ir a rescatar a alguien más. Creo que la astuta señora Elkins, ya sabe, la vieja esa de la habitación 301, ha estado contrabandeando drogas. Crack, heroína y todo tipo de porquerías. Y el otro día organizó una sesión espiritista, justo a la medianoche, con todo y güija, velas negras, pentagramas invertidos y todo el asunto. La señora invoca a los demonios sin miramientos; será mejor que hable con ella.

Todo esto es en realidad muy gracioso, sobre todo si uno conoce a la señora Elkins, quien tiene como noventa y dos años y, desde que llegó al pabellón, nunca ha estado consciente. Es diminuta y está envuelta en las sábanas todo el tiempo; es como un capullito pegado a su cama. O sea, nadie que se asome allí pensaría que eso es un *ser humano*, o sea, nunca jamás. Excepto por el hecho de que su hijo —sí, al parecer tuvo un niño y, por lo tanto, alguna vez fue una mujer viva que respiraba, tenía sexo y todo… pfff, me va a estallar la cabeza solo de imaginarlo— a veces deambula por aquí con toda su impaciencia y mal humor. Vaya, lo que quiero decir es que la mera idea de que la señora Elkins dirija un cártel de drogas y adore al diablo ella solita es increíble, en serio. Pero claro, en realidad no espero que Bertrand aprecie mi ingenio.

Y no, no puede apreciarlo. Con suerte se pone como loco y se enfurruña. Eso es lo mejor que puede suceder: que hagas enojar a la gente y se largue. Aunque después suelan sentirse mal por haber permitido que un niño que se está muriendo los haya incomodado, y entonces vuelven con su remordimiento y mortificación, que es aún peor que toda su santurronería, y hacen como si necesitaran que *tú* los absolvieras a *ellos*. Pero por el momento este Hermano sacude la cabeza y me apunta al rostro con el dedo.

—Estás pisando sobre hielo muy delgado, hijo. Muy, muy delgado —me dice. Y luego su gordo trasero sale tambaleándose de mi cuarto y yo logro tener unos once minutos de paz antes de que Edward se vuelva a aparecer con la charola de mi desayuno.

Ahora bien, también hay otra cosa, como ya les dije, yo no como. También se lo expliqué a la gente del servicio de alimentos, y luego lo repetí. Lo dejé muy claro: ni siquiera me traigan su mierda al cuarto. Sin embargo, la charola se aparece aquí tres veces al día, llena de todo tipo de repugnantes porquerías. Hoy son huevos revueltos de color verde amarillento, salchicha grasienta, pan tostado aguado, pudín cargado de vitaminas, gelatina verde, natilla y esta cosa a la que llaman jugo espeso y que es un ponche de frutas al que le puedes meter la cuchara, o sea, un cruel remedo de raspado Slurpee. Pero, alabado sea, también hay una taza de café caliente y esa es mi única salvación. Al café le pongo azúcar y leche, que son la única concesión que me hago de ingesta calórica.

Edward ni siquiera se molesta en poner el resto de la comida para cerdos en la mesa de mi cama, sólo me entrega el café, el cual tengo que sostener con la mano izquierda porque la derecha la tengo vendada a la altura de los nudillos. Edward mira la mano herida y me hace cara, pero no dice nada al respecto, sólo se mueve afanosamente por mi habitación enderezando cosas.

—¿Te vas a bañar, joven Richard? ¿O prefieres asearte en la cama?

Esto es algo que tengo que pensar muy bien porque, aunque no lo crean, es una decisión importante. El aseo en este lugar implica demasiadas molestias pero, en mi caso, levantarme cada miserable día y permitir que el agua corra por todo mi cuerpo es como un asunto de orgullo. No sé por qué lo hago si ya no sudo y, según creo, no apesto, pero se puede decir que es una especie de bautismo en chiquito, o tal vez es solo la forma en que finjo que todo es normal. Por eso, generalmente sí me baño.

Lo raro es que odiaría que mis antiguos amigos de la preparatoria se enteraran (sólo tenía tres porque la popularidad nunca fue mi fuerte) de que solo me gusta que me bañe Edward. Y sí, es gay, aunque claro, nunca me lo ha confesado. No hace falta que lo haga: es bastante evidente. Pero entonces, ¿qué significa esto? Supongo que podría preocuparme por el hecho de preferir que él me bañe, pero no lo hago porque sé perfectamente de dónde viene este gusto.

Verán, en uno de los otros hospitales en que estuve cuando tenía quince años, un día me bañó la enfermera más bonita del piso de oncocirugía. Una que entraba en aquel dieciocho por ciento de enfermeras delgadas. Era joven y tenía unas lindas pequitas en la nariz; su cuerpo hacía presión contra todos los lugares correctos del uniforme de poliéster, y además era muy dulce. Creo que ya todos saben a dónde voy: al país de la humillación, justamente. Ahora incluso parece un poco gracioso, pero en aquel entonces fue como el fin del mundo. Vaya, el caso es que estaba recostado, atado a las intravenosas, los desagües del pecho y a todo ese tipo de artículos que usan en los hospitales para que la gente se mantenga sumisa, y *ella* estaba ahí, pasándome un paño humedecido en agua tibia con jabón por los pies y las pantorrillas. Platicaba de esa forma que lo hacen las enfermeras para evitar que te sientas apenado; me estaba contando una historia boba sobre el *babyshower* de una amiga, en donde vio un paquete de *lindísimos* mamelucos y el osito de peluche más *adorable* del mundo. Su cabello era castaño, color miel, largo y ensortijado, y no dejaba de acomodarse un mechón detrás de la oreja. («¿Por qué las enfermeras ya no usan cofias?», preguntó una vez mi mamá, al mismo tiempo que señalaba todo ese hermoso cabello. «¿Qué no es antihigiénico?». ¿A quién le importa?, me muero porque esta chica me pase sus bacterias). Ahora bien, por lo general, las enfermeras dejan de frotarte con el paño justamente arriba de las rodillas, más o menos, y entonces te preguntan si quieres lavar tú mismo tus partes privadas o, simplemente, ignoran esa zona. Pero a esta chica le gustaba bañar bien a la gente porque una de sus superioras le había dicho que me lavara bien y, ay, Dios mío, en verdad que me *lavó* con ganas. Dios la bendiga.

Así que siguió platicando: «Eran unos asientitos saltarines *preciosos* y también había cobijitas de color azul», bla, bla, bla. Y el paño sigue subiendo por mis muslos como una lengua tibia o, al menos, como yo imaginaba que se sentían las lenguas tibias, y hay que tomar en cuenta que lo único que tengo ahora es la imaginación. Y, como era de esperarse, de repente ya tenía una erección del tamaño del Monumento a Washington, y entonces la enfermera se paró en seco y no pudo evitar soltar una risita poco profesional y un agradable halago (bueno, quiero pensar que fue un halago): «¡Pero, vaya!». Entonces da un paso hacia atrás, me entrega con delicadeza el paño y de la forma más dulce posible mira al piso, trata de no sonreír (de eso puedo darme cuenta), y me dice: «Muy bien, Richard, te diré algo, creo que voy a dejar que tú termines de asearte solo». Luego sale, cierra muy bien las cortinas alrededor de la cama y huye de mi tiendita de campaña tan cargada de hormonas. «Avísame cuando termines».

Bueno, ¿qué se le va a hacer? Les diré lo que en realidad quería hacer yo. Quería suplicarle, arrodillarme o sobornarla para que regresara. Quería tocar el botón de emergencia y forzarla a volver. Quería que entendiera que esa era una emergencia médica, lo juro por Dios. Cuídeme, enfermera, por favor.

Pero no, sabía que no haría eso, por eso sólo obedecí y terminé de asearme yo mismo.

Es por eso que ahora trato de evitar ese tipo de incidentes, aunque ahora ni siquiera estoy seguro de que mi viejo amigo siga funcionando. Es decir, yo era bastante fuerte, incluso después de la operación que me hicieron a los quince, pero ahora, a la avanzada edad de diecisiete, casi dieciocho, sólo soy un fantasma de aquel calenturiento que alguna vez fui. De cualquier forma creo que lo más sensato es dejar que solo me bañen enfermeros; es lo mejor en todos los sentidos. Además Edward es, por lo general, el único hombre que está aquí en las mañanas. Pero está bien porque mide como dos metros diez centímetros, y tal vez su peso ronda los ciento cincuenta kilos: otro chico fuerte. Además es rápido y amable, y no platica. Los de Edward son baños buenos, eficaces y sin mimos.

Bueno, pero no voy a hablar de los estúpidos problemas que implica meterse a la regadera cuando se está completamente debilitado y mareado, ni del horror que es colocar tu trasero desnudo sobre uno de esos banquitos blancos para baño en donde a tus testículos siempre los machuca alguna de esas estúpidas perforaciones para que escurra el agua. Naturalmente, es cómico —de una forma patética—, pero como sucede todos los días uno se acostumbra. Lo que importa es que mientras estoy allí, encorvado sobre ese estúpido banquito con champú en la pelusa que tengo en la cabeza y que ya me creció como tres veces a partir de que estaba calvo y mientras Edward me talla la espalda (como el individuo es inteligente, ignora todo lo que me cuelga abajo), escucho una voz que grita a todo pulmón en el corredor.

—¡Oigan! ¿En dónde demonios está el rey Ricardo primero, maldita sea? Que alguien le diga que su viejo tío vino a visitarlo, ¿sí? Díganle que llegó la hora de pedir dulces o hacer truco.

Y entonces, mi día entero cambia porque reconocería esa voz en donde fuera: es mi tío Phil, el hermanito de mi mamá, el loco, la oveja negra de la familia. De repente, este Halloween en particular se ilumina.

4

Le grito desde la ducha.

—Oye, tío Phil, estoy aquí.

A Edward apenas le da tiempo de arrojarme un paño a la entrepierna, y de pronto todo ese cuartito vaporoso se llena del tío Phil, quien huele a tocino, humo de mariguana y aire del exterior, o sea, algo muy parecido a lo que imagino que es el paraíso. Trato de erguirme en la silla y también trato, no sé bien por qué, de inflarme, como de parecer más grande y fuerte. Sé que, en el instante que Phil me ve, en el rostro tengo la enorme sonrisa de antes.

Phil avienta sus tenis y se sienta directamente en el piso mojado; luego coloca su cabeza entre sus manos y, por un instante, se queda ahí echado e inmóvil como una estatua. Entonces yo tengo una visión real de mi héroe. Es unos dos años menor que mamá, es decir, tiene como treinta; sin embargo, ahí sentado y con la cabeza agachada, luce más grande. No tiene pelo en la parte trasera de la cabeza, solo un agujero perfecto —como los círculos que hacen los extraterrestres en las cosechas— que acecha entre los desaliñados rizos castaños. Debo decir que mi tío es regordete; su panza se desparrama sobre la extravagante hebilla de plata de su cinturón de vaquero, pero el tipo tiene espíritu, ¿saben? Después de ceder momentáneamente a la flojera, se anima. Levanta la mirada y entonces veo que, a pesar de que tiene los ojos llorosos, su sonrisa es más amplia que la mía. Luego se arrodilla, se quita un sombrero imaginario y hace una reverencia caballeresca frente a mi silla.

—Su humilde servidor —dice—, arrodillado a sus pies reales.

Ese es el verdadero tío Phil. Siempre se le ocurre algo. Bueno, creo que es él, pero no lo conozco tanto. Desde que tengo memoria, mamá siempre lo ha mantenido a distancia, a la mayor posible. Yo sólo escuchaba anécdotas que a ella le contaba por teléfono la abuela, que estaba en Jersey. El tío Phil se mudó de vuelta con la abuela justo después de que yo nací, pero con el paso del tiempo las anécdotas que yo alcanzaba a escuchar cuando mi madre hablaba por teléfono se fueron acumulando: Phil volvió a perder la licencia; Phil llamó de la cárcel; Phil embarazó a una chica; la chica abortó; Phil fue a la clínica y se sentó afuera a llorar como perro perdido; Phil dejó la universidad para adultos a solo tres créditos de obtener su título; Phil se casó; Phil se divorció; Phil perdió el empleo; Phil fue demandado; Phil se involucró en una pelea en un bar; Phil tiene una herida de treinta y un puntadas; Phil esto; Phil aquello… Cuando yo era niño escuchaba su nombre revoloteando por aquellas llamadas telefónicas de medianoche; me acostaba en mi cama, en medio de la oscuridad, y escuchaba las reacciones de mi madre, quien siempre medio reía y medio lloraba, y no dejaba de decir cosas como: «Oh, no, otra vez no, por favor. Es increíble. ¿Acaso está loco?».Y seguía así hasta que las historias se empezaban a tejer con mis sueños y yo pensaba, en secreto, que mi tío Phil era el tipo más genial sobre la tierra.

Me reuní con él un par de veces cuando fui más grande, tenía unos trece años, creo. Así, de golpe, un día se presentó en el hospital de Nueva York en el que yo estaba internado y dijo que quería animarme. Desde entonces me visita de vez en cuando y siempre lleva un regalo prohibido como moho verde en una probeta, paquetes de Fritos cuando ni siquiera me dejaban comer gelatina, revistas con chicas sin sostén en la portada y, en una ocasión, me llevó un juego de bádminton completo, como si me fueran a dejar poner la red junto al mostrador de las enfermeras y volar gallitos por todo el corredor. Mamá siempre le dijo a Phil que no se apareciera, juraba que no sabía cómo se había enterado de dónde estábamos, y decía que estaba completamente segura de que no se lo había dicho ella misma pero, al mismo tiempo, siempre sonreía al verlo y lo abrazaba con fuerza antes de darle un golpecillo en la cabeza y decirle que era el idiota más grande del mundo.

Sin embargo, ahora, en esa pequeña ducha llena de vapor, todo parece estar al revés porque, cuando el tío Phil hace su teatro de «su humilde servidor» y se arrodilla frente a mí y está casi a punto de besarme los pies, yo alcanzo a ver el agujerito de calvicie en su cabeza, y justo en ese instante me doy cuenta de algo: él no sabe que se está quedando pelón. No tiene ni idea porque es una de esas calvicies que acechan y que no puedes ver tú mismo sin la ayuda de dos espejos, así que vives en una feliz ignorancia hasta que una novia mala onda o un estilista te lo dice. Entonces pienso que eso hace que estemos a mano porque yo me encuentro enfermo y enclenque, pero él se está haciendo viejo y se está quedando calvo y ni siquiera se da cuenta. Además, yo jamás tendré que pasar por eso, ¿verdad? Una vez hice una lista de todas las cosas de las que no tendré que preocuparme, como conseguir trabajo, tener hijos desagradecidos, divorciarme, sufrir las muelas del juicio o que me suba el colesterol. Pero ahora también puedo incluir la panza cervecera y los peinados ridículos para cubrir la calvicie y, por alguna extraña razón, me siento bien con ello.

Edward se nos queda mirando como si se estuviera divirtiendo pero sé que tiene trabajo y no se puede quedar con nosotros todo el día.

—Oye, hombre —le dice a Phil—, por lo general no se admiten visitantes en la ducha, ¿te importaría quedarte en la sala para familiares hasta que nuestro rey Ricardo esté vestido y listo para recibir súbditos?

Entonces Phil, quien siempre puede meterse a fondo en un papel teatral, retrocede hasta la puerta sin dejar de hacer la reverencia, y sin dejar de arrastrar su sombrero imaginario por todo el suelo y tropezar a cada paso.

—Será un placer, mi señor feudal —dice—. En un santiamén.

En cuanto la puerta se cierra detrás de él, me da la sensación de que Edward merece que le explique la situación, y por eso me pongo a pensar cómo justificar a mi tío, pero en realidad no importa porque Edward sólo me pasa una camiseta limpia por la cabeza y pregunta:

—En lugar de tus pantalones de abuelito, ¿prefieres ponerte hoy los de mezclilla?

Al mismo tiempo que habla, Edward levanta los raídos pants que casi siempre me pongo porque, ¿a quién le importa con qué te cubres el trasero si siempre estás echado en una silla de ruedas o tirado en la cama? Yo asiento y él va a mi cuarto por unos pantalones de mezclilla. O sea, Edward captó de inmediato que hoy me quiero ver como ser humano y como una persona normal para el tío Phil.

Se los digo en serio, Edward es un príncipe entre los enfermeros y las enfermeras, y si de mí dependiera le doblaría el sueldo.

Luego de que regresa y metemos trabajosamente mi lamentable cuerpo en los pantalones, me tomo un minuto para mirarme en el espejo de la ducha. Por lo general no lo hago pero, no sé, creo que me quiero ver bien hoy. Ya vestido parezco un débil espantapájaros calvo, pero no es tan malo finalmente; creo que está de moda casi no tener cabello y, además, todos se ponen pantalones tres tallas más grandes, así que creo que estoy a la moda. Claro, debo admitir que los más cobardes no deberían ni mirar mi rostro porque no tengo pestañas y mi piel parece polvo de gis, y podrían asustarse, pero no hay problema. Me siento bien, animado y lleno de energía. Al mirarme al espejo veo a Edward por encima de mi hombro; está tratando de volverme a vendar la mano pero yo la levanto y digo:

—¿Sabes qué? Déjala, ¿sí? Se ve bien así, ¿no crees? Me veo rudo.

Mis nudillos están amoratados y a todo lo ancho tengo una impresionante cantidad de heridas medio abiertas con pus que se ven asquerosas. De hecho, los moretones suben por todo mi brazo, y del dedo meñique a la muñeca se forma una especie de zigzag negruzco imponente. Es como el negativo de una fotografía de un rayo. Parece tatuaje de cárcel. Me encanta.

Edward me dice entre dientes que debería pedir que me sacaran una radiografía del brazo porque tal vez me rompí el huesito.

—Ya, hombre, olvídalo —le digo—, cero intervenciones, ¿de acuerdo?

—Sí, claro, pero si se te infecta, ¿quién se mete en problemas? Yo, sólo yo.

Edward me lanza una mirada fulminante a través del espejo.

—Son bacterias que se comen la piel, Richard. Estafilococos, estreptococos, estafilococos resistentes a la meticilina, bacilo de Klebs-Löffler… hay un montón de porquerías en el ambiente. No, señor, sin excusas. Le voy a curar esa mano.

Entonces me unta crema antibiótica abundantemente en la mano y me la vuelve a envolver en gasa como en cuatro segundos.

Yo la levanto y la veo en el espejo otra vez; me parece que aun así, envuelta, se ve bastante bien. Soy como Rocky a la mañana siguiente de la pelea. Puedo vivir con el vendaje.

Edward me lleva en silla de ruedas de vuelta a mi habitación. Phil ya está allí, acostado sobre la cama con los tenis sucios sobre las sábanas limpias que uno de los enfermeros colocó mientras yo me bañaba. Lo primero que observa es mi vendaje, así que, por supuesto, tengo que contarle al respecto. Le platico que el mismísimo diablo entró a mi cuarto y tuve que darle un puñetazo en la cara para enviarlo tambaleándose de vuelta al infierno, que extinguí sus llamas con un buen derechazo.

Phil no deja de reírse.

—¡Ese es mi muchacho! —dice al tiempo que levanta la mano derecha. Parece que sus nudillos siempre están amoratados, y también tiene una bola sobre el huesito que conecta al pulgar con la mano. La agita como si fuera un trapeador.

—A esta cosita la han reventado como ocho veces. Demasiadas mandíbulas adoloridas de demasiados cretinos en Jersey, permíteme decirte.

47

Phil baja de la cama y se inclina sobre mí con los dos puños bien cerrados. Luego hacemos esa escenita fingida en que boxeamos con golpes que nunca aterrizan. A mí se me acaba el aire muy pronto, así que sólo me quedo con las manos levantadas, pero de todas formas es muy divertido porque somos dos tipos rudos jugueteando.

Más tarde le doy a Phil un paseo por el lugar porque parece que de verdad le interesa conocerlo, aunque tal vez se esfuerza demasiado. Quizás, en cierta medida, solo le gusta meter la nariz donde no debe. La verdad es que me cuesta trabajo hacerle entender que, según las «Reglas de etiqueta de la señorita Modales para el pabellón», quedarse mirando a los pacientes no es de buen gusto. Sin embargo, me esfuerzo por mostrarle el lugar y por hacer que en verdad lo *vea*, porque es la única persona que conozco que parece estar dispuesta a hacerlo. La mayoría de la gente trata de no fijarse mucho o, sencillamente, se niega a ver. Mamá, por ejemplo, finge que se trata de un pabellón ordinario de cualquier hospital de los que he entrado y salido millones de veces. Entrado y *salido*. Ahí está, ¿lo ven?, esa es la clave. Todos los otros hospitales tenían salida, y yo, tarde o temprano, podía pasar por ella. Pero este lugar es como *Sin salida*, una obra de teatro bastante buena que me hicieron leer para la clase de inglés. La mayoría de la gente no quiere ver, o no se permite ver, que este es un mundo completamente distinto y nuevo. Es todo un universo y es importante, pero por alguna razón ni siquiera puedo explicar por qué. Es decir, es la *última parada*, y tan solo eso lo hace importante y significativo, ¿saben? Y yo estoy muriendo para presumirlo, ja, ja, ja.

Comienzo por la parte trasera del corredor.

—A tu derecha se encuentra la sala de estar para familiares —le explico.

Phil va empujando mi silla pero se detiene con frecuencia y me deja ahí sentado e inmóvil mientras él camina por ahí para entrar a algunos lugares. Así es como entra a la sala familiar. Pero déjenme decirles que no es la gran cosa. En una pared hay cosas como de la cocina: cafetera, horno de microondas, refrigerador y una barra con popotes, sobres de sustitutos de azúcar y cucharitas de plástico desordenados. También hay un par de sofás llenos de bultos en los que se puede acostar la gente; a media sala hay una mesa redonda con un tablero de ajedrez y barajas. El baño está en la esquina, y por todo el lugar se ven polvorientos arreglos de flores artificiales. Los muros están tapizados con imágenes de lagos, riachuelos, océanos y cascadas porque seguramente a alguien se le ocurrió que el agua tranquilizaba. Sin embargo, Phil se enfoca en la televisión y en la pila de DVDs que está junto; los levanta y comienza a revisarlos. Sé que está leyendo, pero de todas formas lo observo. Todos los títulos son cosas como *El adiós no es para siempre, Para facilitar el final, Más allá del lejano horizonte, Dios no comete errores,* etcétera. Porque créanme, el día que llegué aquí los revisé con la esperanza de encontrar algo entretenido. Sí, cómo no… Aunque debo decir que *Dios no comete errores* realmente me confirmó el diagnóstico de síndrome de AAATO: seis años de quimio, radiación, como un millón de cirugías, pérdida de un par de los órganos más importantes, la imagen de tu madre envejeciendo como veinte años en apenas veinte meses… y, perdón, pero si eso no es algún tipo de *error,* si todo es parte del *plan* de nuestro Gran Amigo, bueno, entonces el chiste se cuenta solo, ¿no creen? He dicho.

Bueno, de cualquier forma, veo que Phil sacude la cabeza.

—Qué mierda tan patética —dice, pero de inmediato se anima—. Te diré qué, muchacho, la próxima vez que venga voy a traer algo de buen porno de la vieja escuela. Sólo guarda *Debbie se tira a Disneylandia* dentro de una de estas aburridas portadas y, ¡sorpresa! Harás feliz por una noche a algún tipo.

Seguimos avanzando por el corredor pero no nos toma demasiado tiempo. Hay cinco habitaciones del lado este, a nuestra izquierda; tres son dobles y dos, sencillas. Cada cuarto es de un color distinto pero todos son cursis tonos pastel, y también cada uno tiene su cenefa de tapiz con motivos florales descoloridos casi al llegar al techo. «Salido directamente de una revista de decoración de los setenta», dice mi madre. Se supone que la decoración es así para que los cuartos sean más acogedores; supongo que el concepto sería «no institucionales», pero créanme, no logran su cometido para nada. No hay manera de confundir un cuarto de hospital con nada más en el mundo… excepto, quizá, con la celda de una cárcel.

En fin, las habitaciones dobles no están ocupadas actualmente, pero en la 306, que es una de las sencillas y está frente a mi cuarto, hay una mujer en coma. Sus paredes son de color azul claro y la cenefa, les juro por Dios, tiene querubines pequeñitos que vuelan con sus alitas y tienen rellenitos los deditos de los pies. Es como si se cernieran sobre ella y la miraran desde el cielo; es algo bastante perturbador. Con los susurros que acostumbramos usar en el pabellón, le cuento a Phil lo que he escuchado respecto a ella. Al parecer quedó en coma por años después de un accidente automovilístico. Fueron años y más años de respiradores, tubos de alimentación y todo tipo de auxiliares de supervivencia que su esposo se encargó de mantener. Pero luego el esposo murió y las hijas hicieron que desconectaran los tubos y apagaran los aparatos. Se desconectan las máquinas y, tantán, fin de la historia, ¿no es cierto? Pues se equivocan. La mujer siguió respirando. Bueno, no esperan que dure mucho más; en este hospital solo se pueden internar personas a las que se les ha pronosticado menos de un mes de vida. Phil entra al cuarto de la mujer y acerca su rostro hasta estar a solo centímetros del de ella. La observa hasta que yo susurro.

—Eso es de mala educación, Phil. Sal de ahí *de inmediato*, vamos.

Entonces Phil vuelve a su puesto detrás de mi silla de ruedas y se rasca la barba de días.

—Lamento mucho decepcionar a la gente pero esa dama está más fría que una piedra, amigo, respire o no, está muerta —señala, y luego nos vamos.

Más adelante están los dos viejos del 304. Las paredes son amarillas y la cenefa, rosada. A estos dos nadie los visita; tampoco conozco sus historias. *Nothing.* Me parece muy triste. Algunas veces, ya bastante tarde, he venido en mi silla hasta acá para ver televisión con ellos. Al que está junto a la ventana le gusta ver el futbol soccer, por eso lo sintonizo en la televisión. Yo mismo no puedo seguir el juego pero a él parece gustarle; maldice a un equipo y vitorea al otro. En fin. Y sobre el otro tipo, pues no sé, nunca habla, solo tose. Phil se inclina en el marco de la puerta y hace un divertido gesto como diciendo «¿Qué tal?», pero los dos duermen como piedras.

Entonces llegamos al 302 y me pongo bastante nervioso porque este es el cuarto de Sylvie, y su madre está ahí con sus tres hermanitos. Recuerdo que tal vez soy *persona non no sé qué* en este lugar, así que sólo digo:

—Mejor no entremos, ¿de acuerdo? Está cansada.

Por supuesto, ya le había contado a Phil, un poco antes, acerca de Sylvie y de nuestra broma de la Noche de la Col. Admito que fue para alardear un poco, pero a él le pareció que fue genial, y por eso entiende que la chica está cansada. De todas formas entra al cuarto con todo su estilo de tío buena onda y de pronto dice algo que hace reír a la mamá de Sylvie, y entonces pienso: «Mierda, está coqueteando con ella». Me imagino lo tremendamente enojado que se pondría el papá de Sylvie, así que giro las ruedas de mi silla y me alejo. Sylvie sigue siendo invisible: solo se alcanzan a ver una serie de montículos pequeños en su cama, y las cobijas le cubren incluso la cabeza. Me doy cuenta de que Phil observa las fotos que tienen colgadas en las paredes, pero yo sé cómo se ven todas las personas en ellas porque las memoricé: Sylvie con su uniforme de escuela privada; Sylvie con el equipo de nado, sus piernas largas y sus redondos senos delineados por un trajecito ajustado; Sylvie bailando con un elegante traje rosa y flores blancas sobre su pecho que apenas está creciendo; Sylvie de bebé con el cabello negro y los ojos color café; Sylvie con un montón de amigos —todos los chicos altos y guapos y todas las chicas, lindas y con cabello fulgurante—; Sylvie recibiendo un premio; Sylvie en la terraza del frente de una gran casa de color blanco con sus hermanitos, los gemelos, en el regazo; Sylvie en la playa, bronceada y resplandeciente; Sylvie, Sylvie, Sylvie. Ahí están todas esas fotografías que son un registro para que las personas que entren al cuarto —que es de un color que Sylvie llama «rosa vómito»— sepan que dentro de esa chica de piel amarillenta, que es ahora un saco de huesos y que no tiene pelo, hay otra: una Sylvie que es agradable, popular e inteligente. Y que tiene una linda casa y una familia unida. Una Sylvie que es verdaderamente hermosa.

Cuando mi tío Phil sale del cuarto habla con una voz áspera y temblorosa, y lo único que atina a decir es:

—Linda chica.

Nuestra siguiente parada es el pequeño vestíbulo que está junto al elevador. Phil se para en seco en cuanto ve a la arpía, quien se está preparando para la jornada. Mi tío se inclina sobre mi hombro y me respira cerca de la oreja.

—¿Qué demonios es eso?

Yo levanto un dedo.

—Exactamente, amigo. Espera y verás —le digo.

Hoy la arpía se dejó suelto ese espeluznante cabello blanco. Le cae sobre los hombros como una nube encrespada. Nos sonríe.

—Bienvenido, Richard —murmura.

La arpía siempre murmura; creo que eso le sube una rayita al nivel de rareza. Se prepara sobre su banquito. Hoy viste una larga falda negra con algo de vuelo y una blusita blanca brillante. Cierra los ojos y levanta las manos —esos aterradores dedos largos y torcidos— para atacar las cuerdas.

—Espera —le digo a Phil en voz baja—, aquí viene.

Pero entonces la arpía vuelve a abrir los ojos, sonríe y baja las manos.

—Feliz Halloween, Richard —me dice, y mete la mano en uno de los bolsillos de su falda para sacar un paquete de dulces Good&Plenty.

—Creo que de estos sí te dejan comer.

La arpía me arroja la cajita rosa, negra y blanca, al regazo; luego levanta las manos hasta el arpa, cierra los ojos y ataca las cuerdas. El vestíbulo se llena entonces de sonidos dulces y tristes.

Phil juguetea con los mangos de empuje de la silla de ruedas y, antes de que alguien pueda decir siquiera «Jack Robinson» (expresión que siempre usa mi abuela), desaparecemos por el corredor con las llantas levantadas y enfilados hacia el mostrador de las enfermeras. Mi tío se detiene y levanta los dulces de mi regazo con dos dedos, como si estuvieran cargados de arsénico o algo así, y los deja en el mostrador. Abre la cajita y saca las pequeñas pastillas de color rosa y blanco.

—No vaya a ingerirlas, mi señor —exclama—. Se sabe que los dulces Good&Plenty han sido la causa de la muerte de monarcas en perfecto estado de salud. Estos los enviaron vuestros enemigos.

Luego levanta la voz y se dirige a la empleada del piso que, en ese momento, es la señora Lee, una señora de cincuenta y tantos, grosera y enojona con todo mundo pero que, según he escuchado, llora como bebé cuando sacan por la puerta a alguno de los pacientes en camilla, cubierto con una sábana blanca de pies a cabeza. Y como eso sucede casi todos los días, la señora siempre tiene una enorme caja de pañuelos desechables cerca. Cuando no es el caso se comporta con mucha rudeza, pero a mí me parece justo. Phil se inclina sobre el mostrador y le dice:

—Esa aparición que está en el vestíbulo le dio a mi sobrino una caja con estos… artículos. Dijo que lo hacía porque era Halloween. —Phil toca ligeramente con el dedo el montículo de dulces—. Me parece evidente que es servidora de… —entonces baja la voz y susurra— lo que me atreveré a llamar las «Regiones bajas».

La señora Lee ve los Good&Plenty y luego mira a Phil. Levanta una de las pastillitas rosas y se la mete a la boca. La mastica y, cuando sonríe, deja ver sus dientes manchados de negro por el regaliz.

—Los blancos son mortales —explica ella—, pero los rosas están deliciosos.

Yo me río porque la mujer tiene razón y, además, dejó a Phil sin palabras, lo cual nunca es fácil.

Después de eso el resto del paseo es rápido, solo vemos el lado oeste del corredor. Ese es mi lado. La señora Elkins está en el 301, dos mujeres mayores en el 303, y otra anciana en el 307. En el 305, *c'est moi*. Pero no sé por qué soy el único hombre en un lado en el que, evidentemente, solo hay mujeres. Cuando le pregunté a Edward la razón solamente se encogió de hombros.

—Eso no importa, los cuartos cambian de inquilinos todo el tiempo —me dijo, pero luego se sonrojó un poco porque se dio cuenta de lo que eso significaba. Salen los muertos, entran los agonizantes. El rey ha muerto. Larga vida al rey.

Debo decir que mi habitación no tiene los peores colores, ni en las paredes ni en la cenefa. Mi mamá lo llama «malva», y dice que en la cenefa hay lilas, violetas y hiedra trenzadas entre sí. Tiene un aire primaveral, dice, pero la mayor parte del tiempo yo ni siquiera me fijo. Sólo la observo en las noches, cuando no puedo dormir y miro hacia arriba y veo todas esas flores colgando de la pared. Me gustaría como que se marchitaran o algo así. Es decir, me gustaría que cambiaran de alguna manera. No es correcto que las cosas permanezcan iguales por siempre. A veces pienso en toda la gente que ha dormido o no, en esta cama, y que ha tenido que ver esas malditas lilas. Pero por lo general no pienso en ellas. ¿Para qué?

Phil se sienta en mi cama y ve por la ventana un rato. Está tranquilo pero de repente dice:

—La vista es muy buena.

Y lo es. Eso es lo mejor de estar en el lado oeste, y por eso me da gusto que me hayan dado este cuarto. Estamos en la cima de la colina y la ciudad de Hudson llega justo hasta el río. Desde aquí puedo ver toda la calle Warren y, en días claros de otoño como el de hoy, el azul y la limpidez del río resplandecen. Aunque créanme que de cerca el Hudson no es tan brillante. Desde aquí sí lo parece. Detrás del río se levantan las montañas Catskill, que son de un tono más oscuro de azul y tienen cimas curvas. Si se les observa así, contra el cielo, se puede ver la silueta de una mujer desnuda acostada sobre su espalda. No lo estoy inventando, todos la han visto. De hecho fue mi mamá la que me lo mostró hace ya bastante tiempo. La mujer de Catskill está recostada y las montañas del sur son su cabello desperdigado. Luego se ve su rostro; su perfil está un poco inclinado hacia el oeste. Sus senos se ven con la claridad del día, agradables y puntiagudos. Luego hay una especie de pendiente que viene siendo su vientre, y después las rodillas levantadas. Es como si yaciera allí, abierta y dispuesta, como si alguna especie de dios de la bóveda celeste o algo así fuera a bajar y hacerla feliz por un día.

Mamá siempre me decía que las montañas Catskill eran mágicas, que los indios que vivieron ahí hace mucho tiempo pensaban que eran sagradas o algo así. Todo el valle es como el país de *Sleepy Hollow*; parece que está encantado por completo. Mamá solía inventar historias, en especial para esta época del año, porque así podía espantarme muchísimo; sin embargo, desde aquí el valle no luce atemorizante. De hecho es muy bonito. Se ven los campanarios de las iglesias y todos esos edificios antiguos construidos con ladrillos y piedra… es como una pintura.

Hudson ha estado aquí por siempre, y a mí me alegra poder verlo como desde arriba, ¿saben? El valle se extiende y las personas que construyeron los edificios, las iglesias, las vías del tren y los botes murieron hace ya mucho tiempo. Con frecuencia eso es lo que pienso cuando me asomo por esta ventana. Todos ellos están muertos, pero también todos los días viene gente nueva. El pabellón de maternidad, en donde están todos esos humanos recién nacidos, está exactamente encima de mí, en el cuarto piso. (Por cierto, me gustaría comentar que fue ahí donde hace diecisiete años hice mi aparición por vez primera). ¿La morgue? Creo que está en el sótano. Es como lo decía en nuestro letrero de la Noche de la Col: TODOS BAJAN. ¡SÍ, NOS REFERIMOS A TI! Uno de los terapeutas me dijo que esa es la razón por la que puede seguir trabajando aquí, lo único que todos tenemos que entender: la visión a largo plazo. Pienso en este tema por un rato. Phil y yo nos quedamos callados viendo el panorama.

Pero luego mi tío dice tres cosas muy interesantes. En primer lugar dice que en cuanto llegue a casa va a hacer un dibujo, algo como un mapa o un croquis de este pabellón para enfermos terminales. En su dibujo va a incluir la ciudad desenrollándose desde aquí hasta el río, y luego al río desenrollándose hasta el océano. Va a dibujar todos los cuartos con sus ocupantes, y a mí me va a colocar en mi silla de ruedas justamente a la mitad del corredor, como si estuviera observando todo desde el fondo, lo interior y lo exterior. Lo va a titular *El mundo de Richie*. Sé que Phil habla en serio y también sé que siempre ha sido bueno para dibujar. Mi mamá tiene un par de dibujos suyos enmarcados y colgados en la pared de su habitación; los hizo cuando estaba en la preparatoria. Vacas en el campo, un tren que se precipita hacia el observador del cuadro en un ángulo raro… es como si uno estuviera atado a las vías. El otro es un retrato de mi madre a los diecisiete años; en él se ven sus grandes ojos, su sonrisita divertida y yo, que todavía era un secreto en su vientre. Los dibujos de Phil ganaron todos los premios de la preparatoria Hudson, por eso estoy seguro de que *El mundo de Richie* será estupendo.

Lo segundo que dice es:

—Y entonces, ¿qué *haces* aquí para divertirte, mi amigo? O sea, ¿dónde están tu computadora, tu música, tu centro de entretenimiento? Porque, está bien, hay una televisión, pero, ¿qué más hay?

No me dan ganas de decírselo pero ya no envío correos electrónicos ni mensajes por celular porque, en pocas palabras, ya no veo bien. Es decir, es una más de esas cosas que Phil no necesita saber: que cuando llegas a este punto tus ojos ya no funcionan del todo. Además, toda la luz y el movimiento de la pantalla se vuelven bastante dolorosos y, no sé, se hacen inestables o algo así. Como que todo centellea y se ve raro. Los juegos de video con todos esos colores deslumbrantes ahora son una tortura. Es como si ya no estuvieras en el exterior, como si el juego te hubiera succionado y todas las explosiones sucedieran en el interior de tu cráneo. Para mí ya es simplemente imposible leer palabras en cualquier pantalla; tampoco las puedo leer impresas en papel porque las letras saltan y me dan ganas de vomitar.

Pero no menciono nada de esto. No me tomo la molestia de explicarlo porque, verán, en este lugar hay un montón de cosas que uno aprende pero que se da cuenta que no necesariamente debe compartir con el mundo. Como que la luz del sol nos lastima los ojos y que, en suma, todo este proceso es como si lo fueran ahuecando a uno. Sí, como un melón o algo así, ya saben, cuando le metes la cuchara de metal y sacas todo lo bueno, la pulpa y el jugo. Porque solo queda la cáscara, ¿no? La corteza. Por eso le digo a Phil:

—Oye, amigo, a mí lo que me entretiene es toda esta comedia humana. Eso es todo, la acción en vivo. Aquí siempre sucede algo, es un caos.

Lo gracioso es que casi es cierto, por eso no extraño el ciberespacio en absoluto.

Después de algunos minutos de pensarlo, Phil me dice la tercera cosa importante de la lista.

—Richard, mi señor, definitivamente necesita usted salir más. ¿Qué te parecería pasar Halloween allá fuera, en el Mundo Real? Podríamos ir a algunos antros, ligarnos a unas chicas, pedir dulces… Salgamos de este mugrero, hombre.

Y tal vez ustedes creerían que yo salto de alegría, ¿no es cierto? O sea, ¿una noche de juerga con el tío Phil?, ¿sin mi madre diciéndome «no» a todo? Es como un sueño de toda la vida hecho realidad. Pero lo que en verdad siento es el miedo más grande que jamás he tenido. Llevo demasiado tiempo sin salir y no estoy seguro de poder lidiar con el Mundo Real… o de que el Mundo Real pueda lidiar conmigo. Verán, aquí dentro nadie hace gestos de dolor por la forma en que lucimos. Aun las cicatrices más espantosas se pueden soportar. Aquí, ser horrible es *normal*. Pero como detesto que Phil piense que soy una nenita, en cuanto suena el teléfono y escucho que es mamá empiezo a irme por las ramas.

—Hola, ma, ¿cómo te sientes? —pregunto.

Al mismo tiempo Phil ondea las manos y sacude la cabeza para hacer el clásico gesto de «No estoy aquí». Yo asiento: claro, no está aquí porque, como ya lo mencioné, las llamadas telefónicas no ven, ¿verdad?

5

La voz de mamá se escucha grave y ronca. Es difícil decir si se debe a la gripe o a que ha estado llorando, cosa que hace cada vez que cree que no puedo verla. Me duele mucho pensar que esta semana en casa la pobre mujer ha llorado probablemente noventa y ocho por ciento del tiempo mientras yo me la he pasado tan bien.

—Oye, ma —le digo—, ¿estás bien? —Y entonces sólo escucho un sonoro ruido cuando aclara la garganta.

—Sí, mi amor, estoy bien, ¿y tú?

—Bien, todo bien.

Es mi mentira típica. No tiene ningún sentido decir otra cosa porque, si lo haces, tienes que entrar en los detalles y eso es repetitivo y aburrido.

—Me preocupa que estés solo. ¿Te ha ido a ver alguien?

Entonces cierro los ojos y trato de inventar una especie de versión de la verdad.

—Un par de consejeros, uno de los Hermanos y, ah, el papá de Sylvie.

En su voz se escucha el tono de sorpresa.

—¿El papá de Sylvie? Pero no es un hombre muy sociable que digamos. ¿Por qué…? Ay, por Dios, no me digas que Sylvie…

Su pregunta me molesta desde el primer instante y me dan ganas de gritar «¿Sylvie qué? ¿Qué con Sylvie?», pero no puedo llegar a ese punto.

—Demonios, ma, Sylvie está bien, ¿de acuerdo? Ella está *bien*. Escucha, tengo que darme un baño, hablamos después.

Me cuesta trabajo respirar y en los oídos siento que el corazón me palpita; de pronto me mareo y tengo que recostarme en las almohadas.

Phil escuchó toda la conversación y ni siquiera fingió lo contrario. Se levanta, toma el teléfono de mi mano y lo apaga.

—Las madres, ¿eh? Qué friega —dice con el ceño fruncido— ¿Te dijo algo interesante Sisco?

Phil le llama Sisco a mamá, quien, por cierto, es su hermana mayor. Yo sacudo la cabeza porque ni siquiera tengo suficiente aire para hablar.

Phil se desliza sobre la cama hasta que queda sentado junto a mí y también se recuesta en las almohadas.

—Oye, hombre, olvídalo —me dice con un codazo—, estoy seguro de que van a pasar algo bueno de Halloween en la televisión, como algún maratón de películas de monstruos o algo así.

Y eso es lo que hacemos toda la tarde, ver películas viejas de horror en el canal TCM. Algunas son tontas, otras realmente estúpidas y otras de verdad te espantan como si fueras niño chiquito. Es el caso de *La Guarida*, pero la versión antigua, o sea, no esa nueva versión de mierda que hicieron. Esta es en la que sale una mujer que se llama Eleanor pero la llaman Nell, y que está medio loca, medio zafada. También está medio enamorada de Hill House y medio asustada, pero sí se caga de miedo. Al final la casa gana y lo último que ella dice cuando se va a estrellar contra un árbol es: «¿Por qué no me detienen?». ¡Por Dios! Mamá y yo leímos el libro. Se llama *La casa encantada* y lo leímos juntos cuando yo tenía como doce años. Tuvimos que hacerlo juntos porque los dos estábamos demasiado espantados para leerlo por separado. Nos sentamos en mi cama porque a pesar de que nos encontrábamos en casa yo me la pasaba enganchado a las intravenosas toda la noche. Es una larga historia que no vale la pena contar. El caso es que leíamos en silencio y solo cambiábamos de página cuando ya los dos habíamos terminado. Luego leímos *Siempre hemos vivido en el castillo*. Esa Shirley Jackson, en serio, hombre, puede arrojarte un bulto de terror puro directamente al pecho, ¿saben? Puede hacer que la cabeza te dé vueltas, y sacarte de equilibrio por completo. Tengo que decir que, viéndolo en retrospectiva, aquella época fue muy dulce para mamá y para mí porque yo estaba en casa y, a pesar de que nos asustábamos, estábamos juntos, no solos. Realmente fue muy lindo.

A las cinco me traen la charola de la comida, pero la cabeza me duele tanto por ver todas esas películas que ni siquiera puedo mirar los alimentos. Phil señala la comida y finge que va a vomitar, pero luego se sienta y se come todo mientras yo le doy algunos sorbos al café. Entonces junta las manos en un aplauso y dice:

—Muy bien, mi señor, su probador de alimentos declara que usted puede consumir esto.

Phil hace una reverencia señalando la charola vacía, y los dos nos reímos como hienas. Luego da vueltas por la habitación durante un rato, se asoma por la ventana y apoya sus manos en la cadera.

—Es hora de irse, amiguito. —Hace una voz falsa, toda dramática y espeluznante—: Cuando la oscuridad cae sobre la ciudad de Hudson en esta reverenciada noche, en la calle aparecen extrañas figuras. ¿Serán niños disfrazados? ¿O serán los moradores de lo profundo que han salido para mostrar su verdadera cara? ¿Quién puede saberlo? ¿Quién puede realmente diferenciar la inocencia de la maldad esta noche de Halloween? —Y de repente se ríe de una forma tremendamente sonora, monstruosa—: *¡Buajajajajajá!*

Desde la puerta se escuchan aplausos. Jeannette regresó de su descanso y sonríe. De hecho tiene una mirada rara, como tímida.

—¡Por Dios! ¡Es Philip Casey! —dice—. No había visto tu fea cara desde… ¿qué será?, ¿primero de preparatoria? Qué gusto encontrarte aquí.

Phil la mira como si la estuviera calificando. Como ya mencioné, Jeannette es robusta pero también es atractiva y, por lo menos hoy, tiene algo de chispa. La blusa de su uniforme está llena de calabacitas sonrientes y, de repente, me cae el veinte: es la primera vez en toda mi vida, que mamá y yo no ahuecamos una calabaza. Por un segundo todo vuelve a mi cabeza: los periódicos sobre la mesa de la cocina y el cuchillo en mi mano. El corte profundo alrededor del tallo y luego el jalón de la parte superior de la calabaza. Y ahí justamente se encuentra el tesoro, la pulpa anaranjada y dorada, y el punzante aroma de las entrañas de la calabaza en mis manos. Los tontos ojos en triángulo y las fauces que tanto nos gustaban. Ese gran momento en que mamá encendía la vela en el interior y, ¡bum!, la calabaza cobraba vida. El sabor de las semillas rostizadas en el horno y cubiertas con sal. De pronto siento que las lágrimas me pican en los ojos y me da gusto que Phil y Jeannette estén demasiado ocupados mirándose y no me presten atención.

—¿Jeannie? —Phil tiene una enorme sonrisa en el rostro—. Oh, por Dios, Jeannie, hace demasiado tiempo. No tenía idea de que trabajaras aquí.

Jeannette entra a mi habitación contoneando las caderas.

—Bueno, yo no sabía que conocías a Richard. No relacioné sus apellidos sino hasta este preciso momento.

—¿Conocerlo?¿*Conocerlo*? Oye, soy su tío, soy de la familia. Los dos somos del clan de los hombres Casey, somos como uno solo, ¿no es cierto, compañero?

¿Como uno solo? ¿Yo y Phil? Ojalá... Sólo sonrío.

—Ajá —digo asintiendo.

Phil se acerca a Jeannette y la abraza.

—Escucha, Jeannie —le dice al oído—, ¿sería posible, tal vez, que no supervisaras aquí a nuestro amigo Richard? ¿Solo por un par de horas?

Ella retrocede y frunce el ceño.

—¿No supervisar a un paciente? Mmm, no, no es posible.

Phil le acaricia suavemente la espalda.

—Cariño —le dice con dulzura en voz baja—, lo que tenemos aquí es un chico de diecisiete años. ¿Recuerdas cómo era todo cuando tenías diecisiete? Es la noche de Halloween, yo me haré cargo de él, te lo prometo. Acaso ustedes... ¿no permiten algunas escapaditas? ¿Acompañado por un adulto responsable?

Jeannette gruñe.

—Ajá, sí, por supuesto, ¿y en dónde está ese adulto responsable?

Phil le habla con todavía más dulzura. Tal vez piensa que no alcanzo a escucharlo pero se equivoca. El mejor sentido que tengo ahora es el del oído. Está más aguzado que nunca.

—Es un *chico* —insiste—, ¡y éste es su último Halloween!

Cierro los ojos con fuerza. Ni siquiera sé si quiero que la convenza. En este momento no tengo suficiente energía para planear un escape. Él es el adulto, que lo haga él.

La voz de Jeannette se escucha gruesa pero discreta.

—Hecho. De acuerdo. Pero solo dos horas. Tienen solo dos horas. Si ese muchacho no está sano y salvo en su cama para las nueve en punto voy a llamar a la policía estatal y al *sheriff* del condado, ¿entendiste?

Entonces abro los ojos de golpe. Santa Madre de Dios, ¡accedió! Phil es un verdadero mago.

La besa en la mejilla y ella sale hecha una fiera del cuarto sacudiendo la cabeza pero… con una sonrisa. Luego él da vueltas por el corredor y vuelve con un par de tijeras y un poco de cartulina. Se agacha unos minutos sobre la mesa de la cama, corta, hace pliegues, y luego da un salto. En las manos tiene una corona como las que antes regalaban en Burger King. Arma un poco de alharaca, me la pone en la cabeza y la cierra atrás con cinta adhesiva. Luego mete la mano a su bolsillo y saca un pequeño antifaz parecido al de El Zorro; me lo pone en la cara y solo siento el golpe del resorte en la nuca. Entonces saca la cobija del fondo de la cama—la tibia y afelpadita cobija que mamá lleva a todos los hospitales, la que es de color azul marino y tiene estrellitas doradas por todos lados— y la coloca sobre mis hombros como si fuera una capa. Me sube el brazalete del hospital tanto como puede hasta que este se vuelve invisible debajo de la capa y, juntos, retiramos los vendajes de mi mano que, por cierto, se ve increíble. Phil da unos pasos hacia atrás, sonríe y se inclina.

—Su disfraz está completo, mi señor —exclama—, y su humilde servidor le suplica que nos *larguemos* de aquí ahora mismo.

Yo asiento.

—Como gustéis, amigo. Vayamos.

La forma en que salimos es tan sencilla que me sorprende no haber hecho esto antes yo solo. Pasamos por todo el corredor hasta llegar al vestíbulo y nadie dice pío. (Por suerte la arpía ya terminó su turno). Yo me siento bien erguido en la silla de ruedas con la corona sobre la cabeza, y Phil me empuja. Sonríe y saluda con la cabeza a todos los que pasan. Oprime el botón del elevador para bajar y, cuando se abren las puertas, sale el hijo de la señora Elkins. Se ve un poco sorprendido pero mantiene la puerta abierta para que podamos entrar nosotros.

Aunque le toma un minuto, finalmente me reconoce.

—¿Vas a salir, Richard? —pregunta.

Yo hago un guiño pero no puede verlo porque tengo el antifaz puesto, así que sonrío.

—Tengo una cita candente, señor E. —contesto—. Feliz Halloween.

Pero la cara que pone el tipo es, no sé… rarísima.

Phil y yo empezamos a carcajearnos en cuanto estamos dentro del elevador, pero no es sino hasta que ya pasamos un montón de corredores y atravesamos las enormes puertas de vidrio de la entrada del hospital, que realmente empiezo a creer que lo logramos. De hecho, no es sino hasta que estamos fuera y nos acaricia el viento fresco de octubre, que me parece que el escape es, aunque sea, un poquito real. El aire es el que se encarga de convencerme de que ya no estoy dentro porque, en realidad, no había salido en… no sé cuánto tiempo. A este hospital llegué directamente en ambulancia desde otro, muy grande, de la ciudad de Nueva York.

Todo es asombroso en el exterior. La noche es perfecta, tan solo un poco fresca con algo de brisa; las nubes pasan con ligereza por el cielo y, a lo largo de la acera, las hojas crujen. En cuanto el aire hace contacto con mi piel se me pone de gallina hasta las espinillas, y entonces lo trago a bocanadas. Hay ruido de autobuses, autos, niños que gritan y aúllan de alegría en algún lugar. Es el ruido de la vida, el ruido del Mundo Real. Y también hay olores: del humo de los autos, de las hojas muertas, de la humedad de los desagües y, por encima de todo, del río. El Hudson se mueve por ahí con lentitud y profundidad, impulsado por corrientes violentas. Ese aroma a río ha estado ahí siempre, toda mi vida, pero realmente nunca lo noté como esta noche. Casi puedo oler a los peces nadando en la oscuridad con sus ojos plateados y sus escamas resbalosas.

Phil se mueve con rapidez por todo el estacionamiento de la zona de urgencias hasta llegar a la acera. Ya casi no tiene que empujar porque, como mencioné, estamos en la cima de la colina y es muy sencillo deslizarse hasta las calles principales de la ciudad. Bueno, quizás no es tan sencillo. Phil tiene que sujetar bien los mangos de la silla para que yo no salga volando y planee colina abajo. Mi tío permanece callado hasta que estamos a tres cuadras del hospital, justamente al inicio del bloque de los números setecientos de la calle Warren. Luego me mete a un callejón que está flanqueado por un banco y otro local, y se recarga en la pared.

—Tengo que echarme una fumada —dice, al tiempo que saca de su bolsillo un porro, lo enciende e inhala profundamente. Luego me lo ofrece—. Vamos, dale un jalón, Richard, estás de vacaciones.

Como tengo el parche medicado, sé que ya estoy más drogado de lo que el tío Phil puede imaginar pero, vaya, un poquito más no le hace daño a nadie, así que doy una fumada. Me arde como el infierno y me marea. Le devuelvo el porro.

—Gracias, hombre. Tú relájate, que yo echaré un ojo —le digo.

Empujo mi silla de ruedas hasta salir del callejón y me quedo en la acera. No quiero decirlo pero no me agrada la oscuridad del callejón ni el olor a orines de gato. Además, lo que quiero es ver acción.

Algo que me late mucho de Hudson es que las tiendas permanecen abiertas un par de horas más por la tarde en Halloween para que los niños de la ciudad puedan entrar y pedir dulces. De hecho cierran tres cuadras para que los autos no pasen a las cuadras de los setecientos, los seiscientos y los quinientos, y los niños puedan celebrar ahí. A partir de los cuatrocientos ya hay varios vecindarios bastante peligrosos. De niño también fui a pedir dulces en la zona. En aquel entonces había más tiendas de verdad como Herramientas Rogerson, la juguetería Town Fair, el Mercado de Sam y todos esos lugares agradables. Ahora es bastante extraño porque llegaron muchas personas de la ciudad de Nueva York y abrieron tiendas de antigüedades, galerías de arte y ondas así. Ya no hay tiendas *de verdad*; no hay alimentos, juguetes, ni martillos ni clavos. Ahora solo hay lugares en los que, por la cara que ponen los propietarios, me doy cuenta de que saben, desde el instante en que ponemos un pie en los locales, que mamá y yo no podemos comprar absolutamente nada allí. En lugar de tiendas más bien parecen museos. No obstante, el hecho de que haya más de estos lugares no es tan malo para Halloween porque más de la mitad de esa gente que llegó de Nueva York son parejas gay a las que les encanta esta fiesta. Se ponen disfraces súper locos y celebran como niños. ¿Y qué hay de los dulces? Las parejas gay regalan cosas geniales, o sea, estamos hablando de barras de chocolate Hershey's *del tamaño más grande.*

Debo admitir que esta noche el lugar es una locura. De las tiendas sale todo tipo de música, y en las aceras bailan tipos con atuendos locos y máscaras. Los niños visten esos disfraces baratos que se compran en la tienda donde todo cuesta un dólar de Fairview, los que son de una sola pieza de nailon barato e incluyen máscaras que se sujetan con ligas. Son de los Power Rangers, Blanca Nieves y todo ese tipo de personajes. Y claro, no hay nada tan increíble como mi disfraz de hombre lobo. Todos los niños corren de una tienda a otra con sus bolsas para reclamar su botín. Las madres caminan media cuadra detrás de sus hijos y gritan que no corran, pero en realidad no se preocupan porque todo el asunto es relajado.

Yo estoy ahí sentado, como asimilando el panorama, cuando de repente una niñita de unos cuatro años se acerca corriendo y se nos queda viendo a mí y a la silla. Trae puesto una especie de disfraz de bailarina o princesa de las hadas. La falda acojinada es de color morado y ya se está rasgando a la altura de sus pies; en la cabeza trae algo como un diamante falso. Es una niña negra con un millón de trencitas. Llega directamente a mí y señala la silla de ruedas luego sujeta una de las llantas.

—¿Éste es su disfraz, señor? —pregunta.

Me quedo pensando.

—Sí, es mi disfraz —le contesto.

La niña ladea la cabeza y frunce el ceño.

—¿De qué estás disfrazado?

—De rey de los discapacitados —le digo—. Mis piernas no funcionan pero sigo siendo el rey.

—Pero no tiene muletas. ¿En dónde están sus muletas? —La niña me mira con severidad, como si estuviera tratando de engañarla.

Pienso en qué responderle pero entonces llega su madre, que es la mujer más joven y sana que he visto en mucho tiempo. Es muy hermosa, tiene una sonrisa linda, piel suave y mejillas redondas. La madre se acerca corriendo y toma a la niñita de la mano.

—Lo lamento —dice y sacude la cabeza—. Hoy está totalmente fuera de control. Creo que le han dado demasiado azúcar.

—No hay problema —le digo.

La niña mete la mano a su bolsa y saca un paquete de Skittles.

—Tome, señor discapacitado rey con piernas que no sirven —me dice, y luego deja el paquete en mi regazo y se va corriendo. Su madre la sigue a unos metros.

Abro el paquete y dejo caer algunos Skittles en mi mano. Me los meto a la boca y el sabor agridulce a trocitos crujientes explota en ella. Es tan bueno… como una avalancha de niñez pura. No puedo dejar de comerlos.

Entonces sale Phil del callejón y se ríe.

—Oye, hombre, ¿a poco ya conseguiste dulces? Te mueves rápido, ¿eh?

Luego mi tío me arrebata el paquete y se echa a la boca todo lo que queda.

6

Yo me habría podido quedar toda la noche en esas tres cuadras viendo a los niños correr, dar gritos y ser felices, pero mi tío Phil, no. Me doy cuenta de que ya se aburrió de empujarme y apenas lleva veinte minutos haciéndolo. Yo mastico un Snickers.

—De acuerdo, muchacho, ya tuvimos suficiente de esas babosadas para niños. Mis planes para tu Halloween incluyen algo más que esto.

Y entonces nos vamos de ahí. Como ya mencioné, Hudson está de bajada y llega hasta el río, así que Phil se mueve con rapidez, y yo me deslizo a una velocidad mayor a la que, estrictamente hablando, me parece segura. En un par de ocasiones a Phil se le resbalan los mangos y entonces la gravedad se encarga de todo. Phil trota junto a mí atacado de risa. Una de esas veces empiezo a moverme más rápido de lo que él puede correr y, aunque es atemorizante, me encanta. Es decir, en el rostro siento el viento con el aroma del río y mi boca se llena de un torrente de aire de verdad. Sujeto mi corona y siento que mis mejillas se sonrojan por lo frío del viento. Sano. Creo. Apuesto a que me veo completamente sano. De momento me dan ganas de continuar así, de despegar y volar yo solo hasta el río, pero entonces contemplo la situación con toda lucidez: no voy a poder detenerme y las ruedas girarán, lanzarán destellos y me conducirán, en esta silla de ruedas, directamente al agua. La corriente del río es muy violenta. Me pasé la vida escuchando a mamá decirme que no me atreviera a pararme por ahí, ni siquiera en la ribera. Parecía creer que el río podía alcanzarme y jalarme como si fuera una enorme mano mojada o algo así. La corriente me llevaría hasta la ciudad de Nueva York, y luego al mar; y ella no volvería a verme jamás. Solía pensar en eso cuando me sentaba en el alféizar de la ventana al final del corredor del hospital en Nueva York. Veía al río correr a lo largo del límite de la ciudad. Ahí era cinco veces más ancho de lo que es aquí. Entonces me imaginaba en él, muerto, como una pequeña mancha de basura que era arrastrada. Tal vez ustedes pensarían que ese pensamiento es deprimente para un chico en un hospital, pero no. Era una noción que por alguna razón me alegraba. ¿Recuerdan cuando acuatizó un avión en el Hudson y toda la gente iba en las alas? Pues yo estuve allí. Es decir, no lo pude ver desde mi habitación porque estaba río arriba, pero todos nos apiñamos frente a las ventanas, señalamos y pensamos vaya, hombre, están todos a salvo. Todos y cada uno. A salvo. Ese piloto es un superhéroe. Y yo solo seguía pensando: a salvo. Esa gente se salvó, todos salieron con vida. Absolutamente todos.

Bueno, el caso es que me da miedo la avalancha de aire que siento en el rostro y la sensación de que no puedo detenerme, así que aplico los frenos con ambas manos. Pasan algunos segundos antes de que amarren bien y la silla se derrape, se deslice e incluso deje marcas en el piso. Es verdaderamente genial. La gente de la cuadra de los doscientos, que es el lugar en donde aterrizo, vitorea. Se los juro. La gente ríe, me señala y vitorea. Aquí, que ya no hay tiendas de antigüedades sino solo un montón de bares y algunas tiendas de abarrotes en las esquinas, la gente pasea por las calles y, supongo, disfruta de un poco de drama. Como el drama de una buena pelea o de un chico loco en silla de ruedas que va a toda velocidad como si fuera una especie de copia de Evel Knievel pero con capa y corona. Yo sonrío y hago una ligera reverencia, pero, para ser honesto, creo que todos los dulces que me acabo de comer se me subieron hasta la garganta y estoy a punto de vomitarlos.

Phil me alcanza y nota que me cuesta trabajo pasar saliva. Tal vez hasta me veo un poco verde o algo así porque de inmediato me lleva a otro callejón, en donde inclino la cabeza hacia un lado y vomito. Phil hace a un lado mi capa para que no se ensucie y sujeta la corona bien para mantenerla sobre mi cabeza. Debo admitir que ensucié bastante: en el suelo quedó derramada toda esa dulzura convertida en acritud, porquería y sangre. Dejo un asqueroso charco en el piso pero a Phil no le molesta ni un poquito, solo endereza y jala mi silla hacia atrás.

—Descuida, Richard, la gente ha venido a vomitar galletas y dulces a este callejón por siglos. Si vinieran los arqueólogos encontrarían viejos trozos de sebo de ballena vomitado o algo así. Hudson era el puerto favorito de los antiguos marineros, ¿sabes? Por ahí leí que era famoso por su alcohol, sus putas y el buen opio. Eso fue lo que encontraron los marineros en Hudson.

Phil me saca del callejón y se dirige a un bar que está a tres cuadras. Sobre la puerta hay un viejo letrero que dice LAS PLUMAS DEL GORDO FRED, y hay una imagen de una paloma o algo así que aterriza sobre el hombro de un gordo.

—¡Genial! —exclama Phil—. El bar del gordo Fred sigue abierto, qué buena onda.

En el bar hay música a todo volumen y gente que se desborda por la puerta. Algunos llevan máscaras, capas y todo tipo de disfraces. Hay mujeres con maquillaje de vampiras sexys y medias de red. Una chica está vestida con un traje de noche rosado de falda larga y top cerrado con agujetas por el que las tetas se le desbordan y, bajo el brazo, trae una cabeza con peluca blanca. Otro tipo viene con un disfraz completo de bombero. Es una locura.

—Ah, el lugar no ha cambiado ni un poquito —dice Phil—. Gracias a Dios. —Luego comienza a gritar—: ¡Abran paso, campesinos, abran paso que el rey Ricardo va a pasar en su carroza! El rey tiene sed, ¡larga vida al rey!

La multitud se ríe. Mi silla apenas logra pasar por la puerta, pero la gente abre espacio para que yo avance. Incluso el enorme individuo que saca a los borrachos y que trae casco y máscara de Darth Vader, como que se encoge de hombros y nos deja pasar.

Debo admitir que nunca he estado en un bar porque mi madre no bebe y mis amigos de la prepa y yo ni siquiera nos vemos suficientemente mayores para lograr entrar y pedir una cerveza. Así que esta experiencia es nueva por completo y me pone un poco nervioso. Para empezar, el lugar está oscuro y huele feo. Supongo que hay montones de personas sudando y cerveza derramada en el suelo. Es lo que alguna vez un estudiante de intercambio que venía de Gran Bretaña describió como un «antro de quinta». Siempre me gustó esa descripción. El lugar está retacado de gente; muchos vienen disfrazados. Junto a Osama Bin Laden hay una enorme rana verde, y junto a la monja, una bruja que bebe y bebe. Por todos lados se ven locuras así de divertidas. Los gritos opacan la música. Hay tanto ruido que la cabeza me empieza a palpitar y por un instante siento que voy a vomitar de nuevo, pero entonces la chica del traje rosado se inclina sobre mí, y mi cabeza casi roza sus tetas desbordadas. En cuanto alcanzo a percibir el aroma a perfume en lugar de la peste del antro, me siento mejor.

Pero luego deja caer sobre mi regazo la cabeza que trae bajo el brazo. Tiene baba roja alrededor del cuello, ojos azules que están como en blanco, y la peluca blanca se le está cayendo. Respiro hondo pero la chica no deja de reír. No quiero parecer un tonto ni nada parecido, así que entierro mi dedo en uno de los ojos de la cabeza y trato de comportarme súper *cool*.

—Supongo que usted es, ¿María Antonieta?

La chica apoya las manos en la cadera y hace una reverencia. Luego se levanta tambaleante.

—¡*Mais oui*, mi señor! —grita—. Me doy cuenta de que usted sí pertenece a la realeza, no como los payasos que hay aquí y que no supieron de quién venía disfrazada. Y eso que pasé días preparándome.

Entonces miro su verdadero rostro: es redondo y sencillo. Pero la chica tiene todo el pelo levantado y pintado de rosa como su vestido; cuando veo que trae un collar, que en realidad es una cadena de plata de la que cuelga una guillotina en miniatura, debo admitir que es bastante creativa. No, y bueno, su pecho. La chica es bajita, regordeta y amistosa, además parece inteligente y, ¿está platicando *conmigo*? Creo que eso lo dice todo.

Phil le da codazos a la gente para abrirse paso hasta mí. Trae dos botellas de cerveza y una enorme sonrisa. Me ve platicando con la pollita de rosa. Me entrega una de las botellas —es una Blue Moon— y hace una reverencia.

—Mi señor, lo dejo con su conquista.

Entonces hace una reverencia todavía más marcada y le entrega la otra botella a la chica.

—*Mademoiselle*, una bebida de parte de Su alteza real.

La chica toma la botella y también hace una reverencia. Luego Phil retrocede sin darme la espalda y sin levantarse del todo, y desaparece entre la multitud.

La botella está helada y gotea. La etiqueta me gusta, tiene una luna azul y una calabacita redonda color naranja. Al principio me quedo sentado como idiota con la cerveza en la mano y mirando la luna, pero luego se escucha un choquecito de botellas.

—Pues salud, entonces —dice la chica, y luego bebe de la botella.

Yo hago lo mismo. La cerveza está fría y produce una sensación tan agradable al pasar por mi garganta seca, que me la bebo de un jalón. La chica me observa con una sonrisa, así que yo sonrío también.

—Ser rey da mucha sed —le digo.

Pero no sé, tal vez la cerveza sumada al parche medicado y a la fumada que le di al porro de Phil… tal vez es demasiado. O tal vez mi mirada falla más que nunca por el antifaz y todo eso, pero de pronto, tras beber mi primera Blue Moon, empiezo a ver las cosas demasiado nubladas. Hay más gente allí. Phil aparece de vez en cuando con otra botella y se vuelve a ir haciendo reverencias. Las últimas dos veces que viene trae del brazo a una linda chica que lo abraza de la cintura. Creo que ella está disfrazada de hoja. Bueno, no sé por qué, pero lo que alcanzo a ver en medio de la confusión es algo que parece hojas.

La chica de rosa se queda conmigo y me dice que solo la llame Marie. Hablamos, no tengo idea sobre qué, pero nos reímos mucho y, en algún momento, ella se trepa a mi silla y coloca su trasero justo sobre mi regazo. Estoy seguro de que tengo una erección, aunque el resto del cuerpo lo siento algo adormecido. Como ella se ríe con nerviosismo y restriega sus nalgas de un lado a otro, yo encuentro un lugar rico para acomodar mi erección y ella sigue contoneándose y tarareándome una cancioncita al oído. Luego susurra.

—Mi señor, a su humilde servidora le encantaría que… —Marie me lame la oreja húmeda lentamente—. Si usted gusta, mmm, puede rodar hasta mi cámara.

Por supuesto me quedo sin habla. Estoy tan mareado y caliente, y tan sorprendido de que cualquier chica, cualquiera en absoluto se ofrezca a… lo que sea que ella se esté ofreciendo. Apenas gruño un poco pero al parecer también tengo las manos sobre sus senos, así que ella toma ese gesto como un sí. Se levanta y en ese momento me doy cuenta de que, efectivamente, tengo una tremenda erección porque el viejo Bingo de pronto siente demasiado frío y soledad cuando se queda ahí parado en el aire, hasta que ella vuelve a colocar la cabeza cubierta de sangre en mi regazo. Luego Marie se pone detrás de la silla y le grita a la multitud:

—¡Abran paso al rey, abran paso, vasallos! —Y como la gente se tarda un poco en reaccionar y moverse, ella solo grita—: ¡Qué se muevan, les digo!

Afuera el aire está frío, así que se me ocurre envolverme bien con la cobija, pero ya no está ahí, se cayó en algún momento. Por un instante recuerdo que mamá llevó esa cobija todas las veces a cada uno de los hospitales, que siempre estuvo esperando en mi cuarto después de las todas las operaciones y torturas. De color azul marino, con estrellitas, con esa calidez y aroma que me hacían recordar mi hogar. Creo que estoy a punto de empezar a llorar y gritar, pero de pronto estamos en un lugar oscuro y tranquilo, y Marie está arrodillada frente a mí.

—Mi dulce señor —dice y luego retira la cabeza de mi regazo.

Yo logro bajar el cierre de mis pantalones de mezclilla y, ¡tómala!, mi muchacho está completamente expuesto, ahí en el aire helado. Debo decir que se ve algo desesperado. Ambos lo miramos por un minuto y luego ella se ríe nerviosamente y lo toma. Es obvio que no tiene idea de qué hacer después pero se está esforzando y eso es lo que cuenta. La verdad es que la mano de una chica está ahí y eso es único que necesito. Me deslizo un poco sobre la silla y mi cabeza queda recargada en el respaldo poco después de que siento cómo se cae mi corona. El antifaz todavía lo traigo puesto pero no importa, ya no importa nada excepto que ella me está tocando y que yo de pronto empiezo a agitarme, a jadear, a gemir. Ella da un salto hacia atrás y yo pienso que si me deja en el frío me voy a morir, pero no lo hace. Se agacha y me envuelve entre sus redondos senos. Juro que estoy a punto de desmayarme, en serio, porque de pronto me doy cuenta de que ella está de pie limpiándose el pecho con un pañuelo desechable. Se ve un poco sorprendida, pero también da la impresión de que está orgullosa de sí misma… y tal vez de mí. Sea lo que sea, me sonríe. Yo estiro el brazo y vuelvo a meter a mi despeinado y feliz amiguito Bingo en el pantalón y subo el cierre.

Marie empuja mi silla por el callejón, pero como yo estoy convertido en un charco de pura gratitud ni siquiera puedo hablar, es como si tuviera paralizada la garganta. En cuanto llegamos a la calle escuchamos el ruido de la gente que se empuja y grita; no sé si me lleva de vuelta al bar o a otro lugar, pero no me importa porque para este punto puede llevarme al mismo infierno si quiere y de todas formas voy a estar muy feliz. Cierro los ojos y me dejo llevar.

De pronto nos detenemos y siento una mano sobre mi hombro, pero no es la de ella, es demasiado pesada. Abro los ojos y veo la luz que sale por la puerta entreabierta del bar. Hay alguien inclinado sobre mí que me arroja humo y tufo de alcohol directo a la cara. Santo Dios, me acaba de atrapar el mismísimo diablo.

—Vaya, vaya, ¿a quién tenemos aquí?

El padre de Sylvie está parado casi encima de mí. Se tambalea, tiene los ojos enrojecidos y exhala humo como si fuera chimenea. Levanta el brazo, me arranca el antifaz y solo siento cómo me escupe baba.

—¿Podrá ser? ¿Nuestro cabroncito sabelotodo? ¿Salió del hospital? Entonces no estabas tan enfermo después de todo, ¿verdad, maldito mentiroso?

Sacudo la cabeza.

—Estaba a punto de irme ahora, señor —alcanzo a graznar.

Marie se inclina sobre mi cabeza y trata de levantar de mi hombro la peluda mano del hombre.

—¡Déjelo en paz! —exclama.

El padre de Sylvie se enfoca entonces en Marie pero siento que aprieta más la mano.

—¿Y quién es esta?

Casi nos escupe fuego y después se ríe horriblemente hasta que, en realidad, termina gimiendo.

—Cuidado, putita, se te están saliendo las tetas.

El padre de Sylvie voltea a verme.

—¿Acaso te olvidaste de mi niña, Richard? Tú estuviste por aquí cogiendo con estas putas mientras ella…

Entonces Marie le da una tremenda bofetada que le deja la mejilla roja.

—¡Quítese de nuestro camino! —le dice.

El padre de Sylvie la toma del brazo y ella grita. Entonces yo lo sujeto a él también y comienzo a golpear su pecho con toda la fuerza que tengo, pero el hombre es inamovible. Comienza a llorar y a escupir baba por todos lados y, no sé cómo describirlo pero prácticamente está *aullando*.

Y luego no sé qué pasa pero se acercan como un millón de personas que siguen a Phil, quien le salta sobre la espalda al papá de Sylvie. Ambos caen y ya no puedo ver nada más que un montón de pies y espaldas. Marie saca mi silla de ahí, se deja caer sentada en la acera y suspira.

—Qué agradables amigos tienes —dice.

Luego se para, me pasa la mano por la cabeza calva, y va sintiendo los huesos de mi cráneo. Entonces se agacha y me mira a los ojos muy de cerca.

Puedo sentir cómo me observa, ya no tengo antifaz. Sé que tampoco tengo cejas ni pestañas y que parezco reptil. Sé que se sentirá completamente asqueada y que nunca, jamás, volverá a acercar su boca a mí o a ponerme las manos encima.

Luego se estira un poco y, con uno de sus dedos, me toca la muñeca. Ahí está el brazalete del hospital, al descubierto. Marie permanece muy callada pero de pronto dice:

—Jesús, dime que no tienes sida, ¿está bien? Por favor sólo dime que no es sida.

Quiero cerrar los ojos para no tener que verla pero no puedo porque mi madre me ha dicho que tengo que enfrentar la mirada de otros, así que la miro frente a frente, veo su rostro redondo y su cabello rosado que ahora está despeinado y caído por completo.

—No es sida, es cáncer. No te preocupes, no es contagioso.

Pero no importa si es contagioso o no, Marie retrocede.

—¡Oh, por Dios! —exclama—. Acabo de…

Entonces se limpia la mano en la falda y se va. Corre por la calle, va zigzagueando entre gente disfrazada, y solo veo cómo se levanta su falda y sus piernas se arremolinan en la carrera.

Todo se ve borroso. Escucho sirenas. Phil corre y empuja mi silla colina arriba, jadea y gruñe. Las luces parpadean, Phil voltea, entramos a un callejón y seguimos avanzando a toda velocidad. Estamos a dos cuadras de la calle Warren, en una callecita tranquila. Phil me estaciona detrás de los arbustos del patio de alguna persona y luego se inclina al tiempo que se abraza y gime.

—¡Mierda! —dice entrecortadamente—. ¡Ya soy demasiado viejo para estas cosas!

Luego se deja caer sobre la hierba y se queda ahí y su respiración hace que su pecho silbe.

De alguna extraña manera me siento tranquilo. Miro alrededor, es una calle agradable; hay calabazas en las ventanas y en las entradas de las casas. Ya no hay niños pidiendo dulces, supongo que es tarde. Jeannette debe estar llamando a la policía en este preciso instante. Tal vez lo hizo hace horas. No tengo idea.

La respiración de Phil se calma y logra sentarse. Comienza a reír.

—Espero que hayas tenido algo de acción, mi querido Richard, que el zafarrancho haya valido la pena.

Tiene la cara manchada de sangre y los nudillos reventados. Abre y cierra la mano varias veces como para probar si todavía funciona.

—Sí, sí tuve acción, hombre —le digo—. Gracias.

Él asiente.

—Misión cumplida —dice entre suspiros—. ¿Quieres regresar al hospital ese o prefieres ir a casa? Porque te puedo llevar a casa, ¿sabes? Estamos a, ¿qué?… como unas cinco o seis cuadras de donde viven tú y tu madre, ¿no es cierto?

Escucho una pregunta real articulada con su voz, y entonces me doy cuenta de que no sabe dónde vivimos. Mamá no quiere se lo sepa. Cierro los ojos y lo veo todo: la casita que mamá por fin pudo comprar para nosotros hace dos años. Phil tiene razón, estamos a solamente unas cinco cuadras, primero al norte y luego al oeste. Es otra de esas calles tranquilas con casitas provincianas con jardincitos. Pero para mamá nuestra casa es un logro tremendo. Es verdaderamente importante porque ella *la compró* por sí misma, como va. Sin la ayuda de nadie. Mi habitación mide dos por dos, y la de ella poco más, pero tiene un pequeño jardín y una terracita en la entrada. Mamá plantó flores, y en la parte trasera hay un árbol de manzanas silvestres. «Es nuestro santuario», dijo ella una vez. «Es un lugar seguro y es *nuestro*». En el hospital para enfermos terminales pienso mucho en nuestra casa, pienso en lo cerca que está y en lo sencillo que sería caminar hasta allá o tomar un taxi. Podría ir a casa y acostarme en mi habitación, pero entonces mamá tendría que cuidarme y creo que eso es demasiado difícil, que este trabajo debe dejarse en manos de profesionales, en serio.

Además mamá está enferma. Apuesto a que ahora mismo está en cama envuelta en su viejo edredón, durmiendo al fin, después de recibir a los niños que fueron a pedirle dulces. Lo último que necesita es que Phil y yo lleguemos hechos un desastre a tocar a la puerta.

—Vamos al hospital —le digo a mi tío—. No quiero meter a Jeannette en problemas.

La subida por la colina es bastante pesada y yo estoy demasiado cansado para ayudar, todo depende de Phil. Lo logra con breves ataques de energía y descansos largos. Hay que reconocer el mérito del hombre: me llevó de vuelta a *El mundo de Richie* sano y casi salvo. Casi.

7

Ni siquiera voy a tratar de describir la escena que se armó en el hospital porque el recuerdo es demasiado nebuloso e impreciso. Me parece que cuando el tío Phil metió mi silla de ruedas a la entrada de urgencias y me dijo adiós con una caravana, lo primero que vi fue el reloj. Marcaba las 12:24. «Ya ni siquiera es Halloween, ni Día de Todas las Almas», pensé. O de Todos los Santos o como sea. No puedo hacer rodar mi silla ni un poquito más. No puedo llegar al elevador, no puedo hacer nada más que quedarme aquí. Tal vez hasta estoy llorando; estoy demasiado cansado. Pero seamos honestos: *sí* estoy llorando.

De pronto, por lo que me enteré después, todo se puso demasiado loco, pero en ese momento yo sólo me quedé dormido. El personal de urgencias leyó mi brazalete, así que me pusieron en una camilla y me llevaron de vuelta al pabellón para enfermos terminales. La gente de urgencias sabe bien lo que significa *no intervenir*; por eso me simpatiza bastante.

Me envían de vuelta a mi piso. Edward me cuenta al día siguiente que Jeannette se sentía perdida, que estaba asustadísima. Parece que empezó a temblar y a llorar, y que le llamó temprano para que la relevara porque ya ni siquiera veía bien. Por suerte no llamó ni a mi madre ni a nadie más, tenía demasiado miedo de perder su empleo. Solo caminó como león enjaulado mientras maldecía a Philip Casey por todo el corredor.

Pero aquí estamos, en la mañana de Todas las Almas o Todos los Santos, no sé, y Edward me toma el pulso, puedo sentirlo. Yo estoy recostado con los ojos cerrados pero percibo el calor de su mano.

—¿Y también me maldijo a mí? —le pregunto.

—Tienen el mismo apellido, señor Casey, exactamente el mismo. —Edward suelta mi muñeca y se inclina un poco, pone su mano sobre mi pecho—. Escúchame bien, Richie, casi logras que corran a una buena enfermera. Asustaste muchísimo a esa pobre mujer; no puedes hacer cosas así, tienes que… —pero luego suspira, hace una especie de pausa bastante larga, y luego, en voz muy baja, como si ni siquiera pudiera creer lo que dice, añade—: tienes que madurar, muchacho.

¿Y saben?, tal vez hace un par de días, cuando celebramos la Noche de la Col, me habría reído de eso, pero hoy, creo que, de una extraña y triste manera, su consejo tiene sentido. Tal vez deba pensar en ello, si me llega a sobrar un minuto, pero la verdad es que no puedo pensar, sólo dormir todo el día. Siento que entra y sale gente del cuarto; la escucho hablar. También escucho que mi teléfono suena en varias ocasiones. Por fin una enfermera lo contesta y habla lenta y calmadamente con mi mamá. Un par de veces trato de jalar mi cobija azul con estrellitas porque tengo mucho frío, pero ya no está allí. Alguien me trae una cobija blanca del hospital y me la echa encima. Alrededor de la cama hay gente que murmura.

Pero todo es parte del sueño. Lo sé porque también está ahí Marie, entre la multitud. Hay un montón de gente que no conozco. Algunos de ellos visten ropa muy rara, tal vez son disfraces. Todo mundo bebe y sonríe. Es como una fiesta bastante grande. Mamá también está ahí, luce joven y feliz, además, la acompaña un hombre. No lo conozco pero ríen y él le pone la mano en el cuello. En el sueño sé que todavía no nazco, eso está a punto de pasar, más o menos. Es difícil explicarlo porque, como que estoy ahí y observo todo, pero no existo. Como ya dije, es difícil de explicar.

Realmente no despierto sino hasta que ya está bastante oscuro allá afuera, y cuando lo hago, Sylvie está sentada cerca de mi cama, acurrucada en el sillón. Yo me siento y trato de erguirme. Ella sonríe.

—Oye, hombre —me dice—, eres súper *cool*, Richie. Saliste. Eres el héroe del pabellón; hasta escuché a los viejitos del 304 reírse: «Que el chico se escapó», no dejaban de decir. «Tonto si no lo hace».

Sacudo la cabeza porque, bueno, o sea, aquí hay algo muy raro: yo jamás he sido *cool*, ni siquiera un poquito, nunca en toda mi vida. Jamás.

Sylvie se pone de pie y se tambalea un poco. Me doy cuenta de que está vestida, que lleva una blusa negra y pantalones de mezclilla. Le quedan como cuatro tallas más grandes, pero al menos se esfuerza. Tiene un divertido sombrerito con franjas verdes y trae un poco de lápiz labial. Se inclina sobre mi cama y coloca sus labios junto a mi oído.

—Richie —me dice tan claro como puede—, ya no quiero ser virgen, ¿de acuerdo? —y luego se endereza—. ¿Entendiste?

Yo me le quedo viendo.

Ella sonríe.

—Piensa en eso, ¿está bien? Pero no demasiado tiempo.

Luego sale del cuarto apoyándose con una mano en el marco de la puerta. Recobra el equilibrio y se marcha caminando por sí misma. Cualquiera puede ver que está decidida.

SEGUNDA PARTE

NOVIEMBRE 1 A 3

8

Ahora es de noche y no puedo dormir. Hay demasiado silencio; la arpía terminó su jornada. Supongo que toda la demás gente del piso duerme profundamente, pero yo estoy sentado en mi cama y me estremezco de tan despierto que estoy. El cerebro me salta. Y es que la emoción y el asombro son demasiado. Es decir, de pronto tengo la posibilidad de algo que nunca, nunca vi venir: una chica, una niña *cool*, bonita y popular que quiere que yo sea el primero. O sea, EL PRIMERO. Mis servicios de semental han sido solicitados. Ya no voy a tener que aplicar mi *modus operandi* común, que consistía en implorar para tan siquiera tocar a una chica. No, no, no, esta vez fui formalmente invitado, o sea: SE SOLICITA SU PRESENCIA COMO DESFLORADOR OFICIAL. (TRAIGA SUS HERRAMIENTAS).

Ahora, añadan esto al incontrovertible hecho de que tan solo hace veinticuatro horas tuve mi primera sesión de sexo oral —oh, y, por favor, por favor, la primera de muchas—. Bueno, en fin: mi primera sesión de algo similar al sexo oral. De acuerdo, sé que estoy exagerando demasiado, en serio, pero de todas formas sucedió y no tuve que rogar. Es decir, me lo *ofrecieron*, caray. Fue gratuito y sencillo. De pronto me convertí en un tipo candente. Verán, esta es la razón por la que, sin importar nada más, es súper *cool* estar vivo. La vida está llena de sorpresas. Esa sensación de que nunca sabes lo que va a suceder pero que finalmente se va volviendo realidad. No hay manera en el mundo de que hace dos días yo hubiera podido adivinar que me iba a pasar algo así. Porque, a ver, ¿cuán probable es?: chico virgen de diecisiete conoce a chica virgen de quince en un hospital para enfermos terminales, se enamoran y/o sienten lujuria, hacen lo pertinente y, simultáneamente, a este ultrasexy chico le practican sexo oral por primera vez (o el tipo de sexo que haya sido). ¿Cuán probable, eh? En serio, y todo esto en un pabellón en donde, créanme, no es común que pasen estas cosas. Lo que quiero decir es que Sylvie, yo y todos los demás estamos aquí porque nos hicieron el Gran Diagnóstico: un mes o menos. O sea, llegas aquí y, treinta días después, ya te fuiste a casa, YA TE FUISTE A CASA. Y aun así vean lo que pasa. De repente estoy en el paraíso porque soy un tipo deseado, buscado y en plenitud. Esto no cuadra, muchachos. Lo único que se me ocurre decir, incluso en mi modalidad de joven maduro, es: ¡¡¡¡¡¡No mancheeeeeeeeees!!!!!!

Pero solo para asegurarme de que todo este repentino avance en mi vida sexual no me hará olvidar que sigo teniendo el síndrome de AAATO, de pronto veo al padre de Sylvie caminando por el corredor: es como la centésima vez que pasa por mi cuarto. Jamás debo olvidar, ni por un instante, que también Alguien Aquí Abajo Me Odia. Cada vez que pasa, el tipo camina más despacio, se asoma por la ventana de mi puerta y me fulmina con la mirada. Tiene la cara manchada, amoratada y con cortadas. Les juro que el hombre se queda ahí en la puerta como un ave de mal agüero; yo cierro los ojos y finjo que duermo pero de todas formas puedo sentir su Ojo Maligno apuntando directo al centro de mi frente. El rayo de furia me golpea como bala: ¡PUM! Finalmente, poco antes de la medianoche, cuando el hombre ya pasó y volvió a pasar un millón de veces afuera de mi cuarto, yo ya no puedo soportarlo más. Y entonces aprieto el botón para que venga algún enfermero o enfermera.

De inmediato llega el pobre Edward, quien fue forzado a hacer como tres turnos seguidos. Vaya, el tipo se ve tan amolado que me hace sentir sano. Desde las siete de la mañana hasta las tres de la tarde, y luego de las tres a las once de la noche, y por alguna razón, todavía hasta esta hora el tipo se la ha pasado bañando, levantando, medicando y quién sabe qué tanto más a los enfermos del pabellón. El hombre está encorvado, de verdad, y trae el uniforme arrugado y manchado con por lo menos ocho de las sustancias que es mejor que yo no mencione. Me da pena molestarlo, en particular porque todavía está tratando de trabajar con alegría y ser medianamente profesional a pesar de que es obvio que eso implica un esfuerzo demasiado grande como ser humano.

—¿Qué pasa, joven Richard? —me pregunta.

—Realmente nada —le contesto—. Ya me siento mejor pero necesito un poco de ayuda para bajar de la cama, ¿de acuerdo? No puedo dormir. ¿Crees que podría quedarme un rato con ustedes?

A veces, cuando no hay mucho movimiento, los enfermeros me dejan sentarme con ellos en el mostrador. Ahí por lo general se ríen y tienen algunas botanas poco saludables con mucha grasa, sal y azúcar para quienes tengan ganas de comerlas. Al menos hay compañía para quienes no podemos dormir. A los enfermeros y las enfermeras también les da el *blues* de medianoche. ¿Y cómo no?

—Ah, sí, claro, como si tuvieras derecho a esos privilegios —me dice con el ceño fruncido, pero luego suspira y agrega—: Está bien, de acuerdo, creo que nos vendría bien que nos animaran un poco.

Edward acerca mi silla y me carga para sentarme en ella.

Sé que no debería preguntar, que nunca debería preguntar esto aquí, pero no puedo evitarlo.

—¿Quién?

Edward gira un poco la silla de ruedas para que yo pueda ver al interior del 304, el cuarto que comparten los dos viejitos. Bueno, que *compartían*. Sí, en copretérito. La cama junto a la ventana está muy bien arreglada… y vacía. Alrededor de la otra solo se ven las cortinas cerradas.

—¡Oh, no! —exclamé—. ¿En serio murió uno de ellos mientras el otro estaba ahí mismo en el cuarto? O sea, ¿qué no va eso en contra de las reglas?

Porque, en serio, por lo general a la gente que está agonizando se la llevan rápidamente —me refiero a *ahorita mismo, para hoy, en este instante*— a cuartos privados para que la familia pueda tener privacidad y, claro, para evitar que el compañero de cuarto sufra el trauma de verlo morir. Es lo menos que pueden hacer, ¿no creen? Darles a todos algo de espacio para respirar… por última vez.

Edward resopla.

—Se puede decir que más que ir en contra de las reglas, no es bien visto. Pero a veces uno no sabe. Yo pensé que el hombre estaba tomando una siesta más larga de lo común, y luego tuve demasiado trabajo. No me di cuenta de lo que estaba pasando. Me comporté como todo un novato.

Al llegar al mostrador de los enfermeros me doy cuenta de que todos están desanimados; se ven apagados. Además de Edward, de mí y de una enfermera a la que no conozco, hay un Hermano y dos asistentes. La enfermera es de las que usan cofia rígida y se la fijan con pasadores en el cabello. A la cofia la atraviesa una franja negra. Por lo que he vivido, sé que ese tipo de cofia siempre atrae problemas. La cofia se posa sobre el casco canoso de la enfermera, quien, a todas luces, es supervisora y anda acusando gente. Me mira con severidad, como si yo fuera una bestia rara y ella estuviera enojada porque me escapé de mi jaula, pero luego voltea a ver a Edward y nota el cansancio en su cara y ya no dice nada, solo chasquea un poco la lengua. De inmediato reparo en que esta gente me va a bajar de la nube en que me trepó mi súper feliz experiencia sexual de Halloween.

—Voy a dar un paseo, papi —le digo a Edward—, no me esperes despierto.

Hago rodar mi silla por el corredor. La primera parada es el cuarto de Sylvie. Si me puedo asomar tal vez vea a su padre acostado en el catrecito y entonces sabré que se cansó de merodear. O tal vez se fue a beber algo en algún bar de la zona, que es lo que, al parecer, siempre hace cuando Sylvie duerme. Empujo la puerta con cuidado pero mantengo las manos en las ruedas por si el hombre está ahí como el oso en el cubil para proteger a sus crías, y yo tengo que salir volando en reversa. La puerta se abre. Me asomo y noto que el catre está vacío; por la ventana veo que afuera hay una enorme luna en cuarto creciente. Ruedo mi silla hacia adentro con la discreción de un ratón parapléjico y me estaciono justo a los pies de la cama de Sylvie.

El cuarto huele a dulzura de niña, y en el florero que está junto a la cama hay un gran ramo de rosas. La lucecita nocturna sobre su cabeza está encendida —en este lugar realmente nunca llega a estar oscuro del todo— y me permite ver la silueta de Sylvie. Está acostada, enrollada sobre su costado bajo una sábana. Me enfoco en la curva de lo que creo que es su cadera y siento un enorme nudo en la garganta. Lo sé, lo sé: sería más prometedor si ese nudo enorme lo sintiera en la entrepierna, pero por el momento eso no sucede. De hecho, ni siquiera estoy seguro de que me llegará a pasar con Sylvie. Por una parte, porque está enferma, y por otra, porque es una chica feroz. También en parte porque su papá me asaría el culo, pero, principalmente, porque tengo la profunda sensación de que está fuera de mi alcance, que el solo hecho de pensar que mis labios podrían alguna vez llegar a tocar los suyos es una locura. Creo que no irían bien juntos, ¿me explico? O sea, sus labios de niña inteligente de escuela privada, de rigurosos cursos propedéuticos para ir a la universidad, de buena familia, simplemente no tienen la misma forma que los míos. Deslizo mi silla hasta el corcho de avisos y, bajo la luz incierta de la luna y del hospital, veo las fotografías que su madre ha ido poniendo ahí; lo hago como si tuviera que cerciorarme, como si quisiera descubrir que, tal vez, Sylvie no era tan hermosa y perfecta en esa otra vida que tuvo antes de ésta.

Pero la verdad es que sí lo era, y está todo allí: la evidencia es irrefutable. Antes de adquirir el síndrome de AAATO, esta chica estaba como diecisiete millones de rayitas por encima de mí en la escala social. Por lo menos. Demonios, incluso creo que estaba encima de mí en toda la escala evolutiva. Es como si yo fuera una especie de mono encorvado, y ella, la humana que camina erguida y que ya usa los pulgares para hacer fuego y construir ruedas. A pesar de la desilusión, continúo observando. Me fijo en los ojos, el cuerpo, el cabello y la piel en todas las fotografías, como si tal vez incluso en ese momento ya había alguna especie de señal en ella; algo como una mancha o algo así. No sé, cualquier cosa que indicara que ya estaba marcada. Alguna advertencia de que terminaría aquí a los quince años con gente como yo. Si acaso pudiera encontrar esa señal, entonces podría equiparar mi pobre «yo» con el de ella. No lo sé, creo que busco algo así. Me deslizo hasta el ramo de rosas para inhalar profundamente su dulce aroma. Junto al florero hay una tarjetita blanca. La abro y la leo: TE EXTRAÑO, NENA. YA MEJORA, ¿sí? La firma *Chad*. ¿A poco no habrían simplemente adivinado que su novio se llamaba Chad? O sea, ¿Richard? Por favor, no tengo ni una oportunidad. Devuelvo la tarjeta y decido salir de ahí con discreción y sencillez. «Ten un poco de dignidad, hombre», me digo a mí mismo.

—Hola.

La dulce y grave voz de Sylvie hace que se me levante el cabello de la nuca.

Giro mi silla para mirarla. No se ha movido, sigue acurrucada de lado, pero sus ojos están abiertos y brillan en ese cuadrito de luz lunar que se cuela por la ventana. Es asombroso lo hermosa que se ve en ese instante. En su cabeza crece un alboroto mínimo de cabello oscuro, un alboroto suave y rizado. Sus ojos son tan oscuros como la noche, pero en su pálido y delgado rostro se ven inmensos.

—Hola —le digo.

Sylvie mete la mano por entre los barrotes de su cama y, usando su dedo como gancho, me acerca a ella.

—¿Mi papá se fue? —Definitivamente eso es una pregunta.

—Ajá, creo que sí. —Me deslizo hasta estar un poco más cerca y pongo la mano sobre uno de los barrotes. Brilla como plata bajo la luz de la luna.

Sylvie sonríe y yo alcanzo a ver un destello de sus blancos dientes.

—Sí, bueno, no te confíes, ya regresará. Él dice que se va a caminar por un buen rato, pero cuando vuelve siempre apesta a whiskey. En fin.

Ella se estira y toma mi mano. La pasa por los barrotes y entrelaza sus dedos con los míos al tiempo que posa nuestras manos sobre su vientre. Lleva una especie de camiseta larga y floja. Estoy seguro de que eso es todo lo que trae puesto.

—Pues entonces, *carpe diem*, compañero.

El corazón me retumba contra las costillas, también siento que el de ella late con fuerza. Es lo más increíble del mundo: nuestros corazones están sincronizados. La piel de su vientre es suave como la seda, me obliga a frotar mis nudillos hacia arriba y hacia abajo. Ella guía nuestras manos y las hace pasar por encima de una línea con protuberancias que divide su cuerpo en dos; vamos al norte y al sur, del esternón a su entrepierna, creo.

—Es una cicatriz —dice en un susurro—. Espantosa. Es como las vías del tren.

Sacudo la cabeza y me pongo a pensar qué le puedo decir. Tiene que ser algo galante y reconfortante, pero no se me ocurre nada. Entonces solo suelto su mano y recorro la cicatriz con mi dedo, hacia arriba y hacia abajo. Al norte, la línea comienza en medio de sus diminutos senos, y hacia el sur, termina en donde se encontraría su vello, si tuviera. Me detengo ahí. Por fin puedo hablar. Mi voz suena cortada y rara pero al menos puedo articular algunas palabras.

—¿Espantosa? Pamplinas —le digo—. Es la escalera al cielo.

De pronto me doy cuenta de que es *eso*: lo único que la pone a mi nivel, o a mí en el suyo. O algo así. Y entonces muevo mi dedo unos centímetros más abajo.

Ella se recuesta y emite un sonido. Es como una inhalación breve. Toma mi mano, la abraza contra ella, luego la presiona todavía más abajo y la suelta. Ríe nerviosamente.

—No necesito depilarme la línea del bikini —murmura—. El doctor Quimio se encarga de todo. —Entonces levanta las caderas tan solo un poquito y cierra los ojos—. Adelante, Rich-Man —dice.

Y, ¿saben? Lo haría, en serio lo haría, pero es que primero me gustaría besarla. Porque, como que no puedo tocar las partes íntimas de una chica sin pasar primero por un preludio, ¿no? Yo simplemente no puedo. Mi madre crió a un caballero, así que me deslizo lo más que puedo hasta su cama y trato de inclinarme sobre los barrotes pero, a menos de que seas una jirafa, es casi imposible. Resulta incomodísimo, en serio.

Creo que ella se da cuenta de que mi mano no se mueve, y entonces abre los ojos. Me ve tratando de alcanzarla, a medio camino entre mi silla y sus labios, y se ríe.

—Ay, Richard —exclama—, soy una estúpida, lo siento.

Entonces oprime el botón que baja el lado de la cama.

Yo me pongo de pie porque, después de todo, no estoy totalmente atado a la silla de ruedas. Solo me tiemblan un poco las piernas. Bueno, de acuerdo, resulta que me tiemblan demasiado.

Caigo sobre ella y de pronto los dos reímos como locos. Nuestras piernas y tobillos chocan, y tenemos los codos en la cara del otro.

Debo admitir que Sylvie es mejor que yo en esto. Sin esforzarse gran cosa, se desliza debajo de mí para que estemos pecho contra pecho, sexo contra sexo. Yo respiro hondo mientras me acaricia a lo largo del pecho y luego emite un pequeño alarido.

—Oh, por Dios, tú también tienes una —exclama. Con su dedo meñique juega con lo que los doctores llaman «incisión en línea media». Me han abierto y cerrado siete veces. Es como si tuviera cierre. La mano de Sylvie está un poco fría, por eso siento que me congelo a medida que baja más y más, hasta donde debería haber vello pero no lo hay.

—Vaya —exclama—, ¡somos iguales! Excepto por esto.

Y sin un ápice de timidez, lo sujeta. Yo simplemente bajo la cara y permito que mis labios encuentren los suyos.

Justamente así es como estamos cuando Edward entra de golpe, enciende las luces del techo y nos deslumbra a ambos.

Trato de cubrirnos rápidamente con la sábana.

—¿Qué? —le pregunto— ¿Qué?

Edward murmura. Casi a gritos.

—Vamos, vamos, parejita, muévanse. Ya regresó.

No quiero aprovechar ninguna descripción para otorgarle algo de dignidad a mi escape, así que solo digamos que Edward me arrojó como bebé hasta la silla de ruedas y luego me empujó a una velocidad asombrosa hasta el cuarto de al lado. Desde ahí nos asomamos con cuidado y vimos al papá de Sylvie murmurando, gruñendo y tambaleándose por todo el corredor. Se asomó al cuarto de Sylvie —en donde, quiero pensar, ella fingía dormir inocentemente—, y luego le dio otra vuelta al corredor.

El hombre retrocede y solo me toma un minuto darme cuenta de que estamos en el 304, en donde hace poco se desocupó una cama. Estoy seguro de que Edward está a punto de golpearme. De hecho, justo va abriendo la boca para comenzar a darme un tremendo sermón, cuando de repente escucho algo muy raro. Una especie de zumbido.

—Oye —le susurro a Edward—. Silencio. Escucha.

¿Será que la cama solloza? ¿Estará embrujada? Vaya, no es que crea en fantasmas, bueno, no mucho, pero me da la impresión de que, de una forma u otra, después de que una persona deja de respirar, podría quedarse un rato más entre nosotros. Parece lógico, ¿no? O sea, no estoy hablando de una presencia sobrenatural ni nada por el estilo; me refiero a que se queda igual, como la persona que era. Por eso trato de recordar al viejito que vivía ahí, al que le gustaba el futbol soccer, el mismo que, de acuerdo con lo que me dijo Sylvie, se rio cuando me escapé. Pero entonces escucho el ruido con más claridad y me doy cuenta de que no viene de su cama en absoluto.

Viene de detrás de las cortinas que rodean la otra cama. Es una especie de resoplido entre dientes. Entonces vuelvo a escucharlo, es como si alguien tarareara una melodía. *Dum de duuuum, dum de duuuuuuuuum.*

—¡Ay, por Dios santo! Es el himno militar de despedidas —dice Edward con un largo suspiro—. El del adiós.

Claro que es el himno. «Cuando el día acaba y el sol se ha ido». Ahora lo escucho a la perfección, y es insoportable. Es el sonido más triste de la tierra. Deslizo mi silla y jalo la cortina. Lo sé, esto va totalmente en contra de las reglas de etiqueta del pabellón, pero bueno, ya ha sido una noche bastante extraña, ¿no? Además, tal vez este hombre todavía puede oler el perfume de la Muerte, y eso me hace suponer que no le vendría mal que le hicieran compañía.

—¿Señor? ¿Se encuentra bien? —pregunto.

El viejito está sentado muy erguidito en la cama. Tiene la mano sobre el ojo derecho y su codo sobresale en un ángulo raro. Me toma un ratito darme cuenta de que no se está agarrando la cabeza porque tiene dolor o algo así. Para nada. Lo que hace es un saludo militar. El hombre está sentado en la cama, rígido y derecho como una tabla, con el camisón del hospital todo arrugado alrededor del cuello y con las piernitas flacas colgándole hacia un lado, pero él saluda como militar. En cuanto me ve baja la mano.

—El señor que murió era soldado —me dice el anciano—. Sobrevivió a la batalla de Bataán, maldita sea.

Bueno, ¿pues qué puede uno decir? Sencillamente me queda asentir.

—Sí, señor —le digo con la voz quebrada. Como que me gustaría hacer el saludo también; creo que se sentiría bien, pero no soy soldado y no tengo derecho a hacerlo. Soy solamente un chico, así que nada más repito—: Sí, señor.

Él se inclina hacia delante.

—¿Quieres jugar *gin* con los naipes, muchacho?

Edward se sienta en la cama vacía y empieza a reírse. O bueno, eso es lo que creo que hace porque, aunque parece que se está carcajeando, no deja de enjugarse las lágrimas.

Y así es como, de una extraña manera, cinco tipos empiezan a jugar cartas en la habitación 304. Debo admitir que el *gin* no es lo mío; me gusta más el póquer. Pero, vaya, que escoja el anciano, ¿no? Después de todo, estamos en su cuarto, así que juguemos *gin*. Somos cuatro tipos en sillas de plástico alrededor de la mesa de la cama; en esta, sigue sentado el viejito —que es el quinto individuo—, pero ya se recargó en las almohadas. Somos yo, el viejito, el hijo de la señora Elkins, Edward y —ay, Dios mío, protege mi pobre trasero por favor—… el papá de Sylvie. Sí, todos nos pusimos a jugar. No sé bien cómo fue que terminamos allí, pero creo que Edward dijo que estaba demasiado cansado para irse a casa, el hijo de la señora Elkins dijo que si no se salía del cuarto de su madre se iba a volver loco y, bueno, el padre de Sylvie apareció vistiendo un traje con el que parecía que llevaba tres o cuatro semanas y oliendo a alcohol y cigarro; en medio de ese rostro hinchado y lleno de moretones sus ojos eran solo dos ranuras rojas. Pero el tipo sí que sabe jugar, ¿eh? Lo hizo sin miramientos, en serio. O sea, yo esperaba que, a pesar de que no sabía con exactitud lo que estuve a punto de hacer con su hijita, tratara de hacerme morder el polvo, y bueno, me parece justo. El tipo podría patearme el trasero sin clemencia y yo seguiría pensando que está bien. Porque si es justo, es justo.

Pero no: el tipo no tiene ni siquiera la decencia de dejar que el viejito gane una mano. Para nada. Barre el suelo con todos nosotros y se ríe a carcajadas como hiena cada vez que grita «¡*gin*!». Y el tipo lo hace con frecuencia, por cierto, incluso aunque no haya ganado todavía. Es la cosa más molesta que puedan imaginarse.

Yo sólo logro gritar «*gin*» una vez, y cuando lo hago me arrepiento de inmediato de haber abierto la boca siquiera. La mirada del padre de Sylvie me atraviesa el pecho con rayos que queman, lo juro.

El tipo gana todas las manos excepto la que ya mencioné, se bebe todas las latitas de Ginger Ale y también se come todos los paquetitos de galletas saladas. Imbécil.

El juego continúa hasta que llega la enfermera de cofia blanca y labios apretados.

—Caballeros, por favor dejen de hacer esto. Están molestando a los otros pacientes.

Levanto la mirada. Me sorprende ver que por la ventana entra la luz del sol; en los vidrios hay franjas cuadradas de luz. Amanece. El Día de Todas las Almas termina. Halloween termina. La Noche de la Col también termina. ¿Entonces qué? ¿Ya es dos de noviembre? Vaya, solo faltan diez días para mi cumpleaños, y tengo muchas cosas que hacer.

Tengo hambre por primera vez en semanas. Si quiero cumplirle a Sylvie tengo que ponerme fuerte y, tal vez si… ¿si también tenga que cumplir a otras mujeres desesperadas? Deslizo la silla hasta mi cuarto y, en cuanto traen la charola con el desayuno, me meto a la boca cucharadas llenas de huevo baboso. Dos rebanadas de pan tostado, jugo de naranja y avena. Luego tomo una larga siesta.

9

Y despierto tan estúpidamente enfermo que no puedo llegar a tiempo a la palangana para vomitar. Tengo arcadas como por veinte minutos, y luego siento un nudo en las tripas y sé que tengo que llegar al baño lo antes posible. Me alejo de la cama tambaleándome y me siento en el retrete como por una hora. No dejo de expulsar sudor por la piel ni líquidos por mi trasero. Al final estoy tan mareado que tengo que oprimir el botón rojo de emergencia que está en la pared del baño. «No me puedo desmayar», me digo mientras espero. Solo veo manchones negros y luces brillantes que bailan alrededor. No me voy a desmayar. Porque desmayarse ahora, no está permitido.

Logro mantenerme consciente, pero apenitas. Me llueve sobre mojado: la enfermera que llega es la de la cofia blanca. Se ve pulcra y almidonada a pesar de que lleva aquí toda la noche y la mitad del día. Le echa un vistazo a mi pobre yo desmoronado sobre el retrete y, eso sí, tengo que admirarla por ello, no dice ni una palabra. No me da un sermón, no chasquea la lengua ni nada. Solo va por un par de paños frescos para ponerme en la cara y el cuello; luego me ayuda a levantarme y a llegar hasta el sillón de mi habitación y cierra las cortinas alrededor. Me quita la camiseta y los pants como con tres movimientos; me lava completo. Sí, *completo*, con paños con agua tibia enjabonada, y ni siquiera le echa una miradita a Bingo. Me seca con una toalla rasposa y me mete en un camisón limpio. Mientras tanto, hace que una asistente arregle la cama y luego, en otros tres movimientos me pone gel «vomitocero» en la muñeca. Está bien, lo admito: esta mujer es muy buena en los aspectos mecánicos de su trabajo. Pero no es reconfortante del todo. Les juro que logró llevar a cabo toda esta tarea de aseo sin dejar de apretar los labios por un instante. Es una gran maestra del control. No necesita decir nada para matarme del susto.

Al final, cuando ya estoy abrigado en la cama como si tuviera tres años, y los barrotes están arriba, me dice:

—Hoy no vas a volver a bajarte de esta cama, jovencito. Y tampoco vas a molestar a nadie en este piso. ¿Entendido?

Yo asiento.

—Sí, señora.

Por primera vez, quizás la primera en su vida, sonríe. Como un tiburón, claro.

—Soy la señora Jacobs, Richard. Y debes saber que crié a mis tres hijos, así que los adolescentes no me atemorizan.

Me callo lo que quiero decir: «¡Ah!, y esos tres muchachos, ¿siguen tomando terapia?». Pero entonces digo algo que no es gracioso, sin embargo, sé que la hará sentir muy mal, y por eso lo digo en voz alta:

—Entonces, señora Jacobs, sí, supongo que es una experta, pero... ¿alguno de esos muchachos terminó en un pabellón para enfermos terminales?

Ella se queda inmóvil; sus ojos se humedecen.

—No —me dice, tan calladamente que tengo que inclinarme para escucharla.

—Mi hijo más chico murió en un accidente automovilístico cuando tenía catorce años. No llegó a ningún pabellón —dice, y sale del cuarto.

«Entonces», me digo a mí mismo al tiempo que me hundo en las sábanas limpias, «¿alguna vez te habías sentido como la más absoluta mierda, Richard?». «No, señor», contesto. «No, señor».

Ese estado de las cosas, esa sensación de que eres mierda embarrada en el suelo, siempre puede empeorar. Estoy sentado aquí, mirando hacia fuera, a lo que parece el día de noviembre más oscuro jamás registrado. En el cielo hay enormes nubes grises y pesadas. Mi madre llama. No sé cómo, pero se enteró de mi escape de la noche de Halloween y, podría decirse que está… un poquito molesta. Tose entre frase y frase pero se ahoga y grita al mismo tiempo.

—Ese miserable y escurridizo Phil —no deja de decir—. No puedo creer que hayas salido con él, Richard. *Te saliste*. No lo puedo creer. Tu tío *siempre* ha sido un problema, ya lo sabes. Siempre causa *problemas* pero a ti se te ocurre hacerle caso. ¿*Te saliste* con él? ¿En serio?

Por experiencia sé que lo mejor es mantenerme callado mientras ella despotrica, pero luego le digo:

—Ma, no te escuchas bien, tienes mucha tos. ¿Cómo estás?

Y entonces ella empieza a desgañitarse.

—Me volvió a subir la fiebre —berrea—. Y para colmo los exámenes salieron positivos: tengo influenza, algún tipo de cepa nefasta. No puedo ir a verte, mi Richie, no me dejan entrar. Les supliqué y les supliqué a tus doctores; les dije que me pondría una máscara si querían. Hasta llamé al director general del hospital. Dije que podía ponerme uno de esos trajes para manejar desechos peligrosos, pero de todas formas no me dejan pasar a tu piso. Dijeron que si me presentaba, le iban a pedir a seguridad que me sacara. No lo soporto, ya no lo soporto. —Luego solo solloza. No se oyen palabras, simplemente se escucha cómo traga saliva y flemas.

Al oírla siento como si mi pecho hubiera sido aplastado por un enorme montículo de piedras y alguien saltara una y otra vez sobre ellas. Cada sollozo es un una roca más.

—Ma —insisto—. Descuida, mami, no te preocupes. Estoy bien, te lo juro. Vamos, ma, no llores, ya deja de llorar.

La voz se me quiebra, y entonces sí, por supuesto, empiezo a llorar también como bebé. Luego no puedo respirar y me da la impresión de que me voy a morir en este preciso momento. Sería un alivio.

Ambos nos quedamos sentados con el teléfono en la mano y lloramos hasta que no podemos más. Luego guardamos silencio cada uno en su lado y, finalmente, se me ocurre una idea.

—¡Llama a la abuela! —Le digo entre resuellos—. Quiero que la abuela vaya a la casa y te cuide. Es momento de hacerlo, anda, llámala.

Se escucha un prolongado silencio. Verán, mi mamá y su mamá casi nunca están de acuerdo en nada. Ha sido así desde que mamá tenía diecisiete y quedó embarazada, y no le dijo a nadie quién era el padre. Sus labios se sellaron. O tal vez ha sido así desde mucho antes, quizá desde que la abuela, que era una ruda chica de Jersey, se embarazó a los dieciséis y tuvo que dejar la prepa, perderse su propia graduación y, en resumen, olvidarse de su vida para tener un bebé que resultó ser mi mamá. O sea, me cuesta trabajo entenderlo porque, digamos que hablan por teléfono casi diario, pero cuando se ven en persona son terribles.

Ya en persona enloquecen y discuten por todo. Cuando se ven se enojan por cualquier estupidez y solo se lanzan indirectas. Y directas. Sin embargo, por lo que he escuchado recientemente, cuando mamá casi susurra en el teléfono es porque la abuela insiste en visitarnos y ayudarnos. Parece que lleva meses implorándole a mamá. Solo quiere estar aquí y apoyarnos en esto, pero mamá se niega. No. No. No. Todavía no. Es como si le aterrara pensar que en el momento que le llame a su madre será porque habrá llegado la hora. Será como una señal. La rendición, la bandera blanca. Admitir que el AAATO ganó. Tal vez la abuela también siente eso porque no se ha parado por aquí. Yo lo entiendo, en serio, pero en este momento lo único que me interesa es que mi madre no esté sola. Quiero que, por una vez en su vida, alguien se haga cargo de *ella*. Porque si está sola, enferma y llorando, les juro por Dios que me voy a escapar otra vez para irla a cuidar yo mismo. Puedo llamar a un taxi o caminar. Y eso es lo que le digo:

—Hazlo, ma. Si no, voy a ir a la casa. Me voy a largar de aquí para ir a la casa, es en serio. Si realmente decido ir, nadie podrá impedirlo. ¿Y sabes qué? Tal vez hasta le llame a Phil para que venga por mí.

El silencio continúa. Porque verán, pasa lo siguiente: a mi madre le aterra la idea de que ponga un pie fuera del hospital y los gérmenes me invadan y me maten. Por eso también es que está tan enojada con Phil: me sacó de estos muros sagrados. Ella piensa —o se obliga a pensar— que mientras esté en el hospital estaré a salvo. Tal vez a pesar de todo sobre lo que está al tanto cree que estar en un hospital es el equivalente a una cura: un milagro a la vuelta de la esquina.

—Estoy hablando en serio, ma, ya voy en camino.

—Levanto las sábanas y empiezo a sacudir los barrotes de

la cama lo suficiente para que alcance a escucharme. Finalmente oigo un susurro mínimo.

—Está bien —musita—, está bien.

Pero lo que más me aterra es su voz: cediendo. Cediendo.

Me quedo sobre mi costado todo el día, mirando el cielo gris. Le doy la espalda a la puerta para que, si alguien llega a venir, piense que estoy dormido. En una ocasión me parece oler el perfume de Sylvie que flota desde la puerta, y escucho un dulce «hey, Rich-Man», pero ni siquiera eso me hace voltear.

A las tres de la mañana llega Edward. Se inclina sobre la cama y dice:

—¿Todavía estás entre nosotros, amigo mío? Escuché que tuviste una mañana difícil. —Debajo de la sábana yo medio encojo los hombros. Edward pone su mano en mi espalda—. ¿Estás enfurruñado, Richard? Tú no eres así.

Entonces giro y lo miro con enojo.

—Es que sólo quería comer, hombre —le explico—. Ya sabes, quería ponerme fuerte, pero lo único que logré fue vomitar las entrañas.

Él asiente.

—De acuerdo, te entiendo, quieres comer. Muy bien, pero no lo hagas como un imbécil. Piensa, hombre. Después de no comer en tanto tiempo, no puedes nada más empezar a tragar todo lo que tienes enfrente de un día para otro. Tienes que hacerlo con inteligencia. Gelatina, sopa, jugo de naranja, Ginger Ale…

Entonces pienso en lo que pasó.

—El papá de Sylvie se bebió todo el Ginger Ale. Se acabó todas las latitas del maldito refrigerador. Hijo de puta…

Edward se ríe.

—Richard, créeme: aquí tenemos un suministro infinito, interminable, de Ginger Ale. Siéntate, te voy a traer un poco.

Me apoyo en los codos hasta estar sentado.

—La Enfermera Mayor dice que no puedo salir de la cama.

Edward me acomoda una almohada en la espalda.

—La señora Jacobs se fue temprano a casa —me dice sin mayores aspavientos y sin hacerme sentir culpable. Pero luego me da un zape en la cabeza. Suavecito pero contundente—. Esa señora es una buena enfermera, Richard, una enfermera muy profesional —me dice—. Pero ha tenido una vida dura y a ti se te ocurre recordárselo. Todo mundo tiene problemas, ¿sabes? El mundo es un enorme lugar triste y jodido. Todos sufren, todos. ¿Qué no lo has empezado a entender? ¿Crees que solo eres tú? ¿Crees que solo tú sufres? ¿Piensas que fuiste elegido para ese tremendo honor? —Edward no espera mi respuesta, simplemente sale del cuarto. Pero luego vuelve a asomarse—. Lo había olvidado, tienes visita. Estaba esperando que despertaras, ¿ya estás listo?

Levanto la mirada.

—¿Visita? ¿Quién es?

Edward me hace un guiño y menea las cejas.

—Es una chica interesante, querido Richard. Vaya, vaya, vaya, te estás convirtiendo en toda una estrella de rock.

Me siento derecho y, antes de siquiera empezar a pensar en cómo puedo deshacerme del bobo camisón del hospital —este tiene estampado de vaqueros, como si me hubiera escapado de pediatría— para ponerme una camiseta, la *interesante* chica de quien me habló Edward se asoma a mi cuarto. Tiene cabello negro —tan negro que parece que lo sumergió en chapopote y luego se lo peinó en picos— y a sus ojos los enmarca una línea de casi dos centímetros de delineador. Trae pantalones de camuflaje y un chaleco de color naranja brillante. Da la impresión de que sacó su *look* de la revista de campismo *Field & Stream*; es como si, camino al bosque, se hubiera detenido para atomizarse esencia de orina en el cuello para atraer y cazar ciervos. No tengo idea de quién sea pero, ¿por qué no ser amable y encantador de cualquier forma? Después de todo es una hembra de nuestra especie.

—Hola —le digo—. ¿Ya cazaste algún ciervo?

Ella pestañea con sus bien delineados párpados.

—¿Qué?

Señalo su chaleco.

—La temporada de venados comenzó ayer y tú llevas puesto… —Pero entonces me doy cuenta de que no tiene ni idea de lo que estoy hablando y que está a punto de salir del cuarto, así que dejo de hacerme el chistoso—. No importa.

La chica se acerca a la puerta, se agacha y luego, cuando se levanta, me muestra una bolsa de plástico.

—Su capa, Su majestad. Lavada y planchada —dice, al tiempo que hace una caravana un poco ridícula.

Por fin comprendo.

—¡Marie! ¡Te ves muy distinta! Pasa.

Ella sonríe y se acerca a la cama. Agita la bolsa y de ella cae mi cobija azul de noche estrellada.

La tomo rápidamente, me la acerco a la nariz y trato de cubrir mi rostro para ocultar que estoy a punto de llorar.

—Huele bien —le digo. Es cierto, huele limpia y fresca—. Gracias. —Tomo la cobija y me la vuelvo a echar sobre los hombros como capa—. Siéntate —le digo y hago un gesto con la mano que, espero, parezca majestuoso para indicarle que se siente junto a mi cama.

—Se quedó toda arrugada en el bar —me explica—. Tuve que buscarla por un buen rato. Luego la llevé a la lavandería y le puse suavizante y toda la cosa. —Marie coloca su mano sobre el barandal de la cama—. Escucha, quiero ofrecerte disculpas. Creo que me asusté, ya sabes, cuando me enteré de que estabas enfermo. Pensé que… bueno, ya no importa. Lo siento mucho.

Me tomo un minuto para observarla con cuidado. Debajo del cabello hostil y detrás de la agresividad del delineador hay un rostro tímido, joven, gordito. Ojos grandes y azules. Tiene las uñas mordidas. Coloco mi mano sobre la de ella.

—Te portaste increíble conmigo —le digo—. Fuiste maravillosa.

Entonces su rostro se ilumina.

—¿En serio? ¿No estás… enojado o algo así?

—En absoluto, Marie.

Ella se inclina hacia el frente.

—En realidad me llamo Kelly —confiesa—. «Marie» era solo parte del disfraz. Como mi álter ego, ¿ya sabes? Creí que como Marie sería mucho más atrevida que como yo misma. Es que soy, no sé, un poco asustadiza. No soy muy inteligente. Mi hermano dice que soy un foco a punto de fundirse. Entiendes cómo… cómo un disfraz, ya sabes, ¿puede hacer la gran diferencia?

Me gustaría decirle que le estoy prestando toda mi atención a estas profundas preguntas sobre los problemas de la identidad humana y todo eso, pero la verdad es que no puedo dejar de ver su chaleco. Porque, verán, no trae ni siquiera una camiseta debajo. O sea, es un chaleco de color naranja casi fosforescente con un profundo escote en V que se abre un poco a los lados y que permite ver, desde cualquier ángulo, que ahí abajo hay unos senos enormes y totalmente visibles. Pielecita suave alrededor de los senos, carnita que se mueve con libertad. Además, a pesar de que tengo la memoria un poco nublada, definitivamente puedo recordar cómo me deslicé entre esos pechos. Trato de mantener la vista al frente y enfocarme en el rostro de la chica, pero cuando por fin lo logro me doy cuenta de que se está mordiendo el labio inferior, y entonces, por supuesto, también recuerdo esos labios. De pronto siento que poco a poco estoy erigiendo una casita de campaña con la sábana.

—Ajá —le digo con entusiasmo—. Pues mucho gusto, Kelly-Marie.

Ella ríe nerviosamente.

—Gusto en conocerte a ti también, Richard Casey. —Marie se inclina todavía más y sus tetas rozan el barandal de la cama y están a punto de desparramarse por encima—. ¿Lo ves? Yo también tuve que averiguar tu verdadero nombre. Anduve preguntando por ahí. Algunas personas conocían a tu tío, y otras, a tu mamá. Me dijeron qué onda contigo: que llevas bastante tiempo enfermo, que estabas aquí y… bueno, por fin te encontré. ¿No es cierto?

En el momento que entra Edward yo sigo resistiéndome a la imperiosa necesidad de sujetarla y jalarla a la cama. Él pone su enorme sonrisa y saluda a Kelly-Marie.

—Hola. Pensé que les gustaría beber algo —dice y nos entrega dos latas frías de Coca. Pero no de las latas esas mini del hospital, y tampoco son Ginger Ale. Son latas grandes de Coca de verdad.

Entonces comprendo que Edward debió haber bajado a una de las máquinas expendedoras del primer piso, las que están cerca de urgencias, y que, además, seguramente las compró con su propio dinero. O sea, pagó un dólar cincuenta por cada una. ¿Saben? A veces la gentileza humana te puede noquear.

—¡Gracias, amigo! —exclamo. Espero que, por la forma en que se lo digo él pueda darse cuenta de que sé todo lo que hizo y que lo aprecio mucho.

Agita la mano desde la puerta y luego, al salir, la desliza hasta que cierra casi por completo.

Lo hace para que Kelly-Marie y yo nos podamos quedar aquí sentados, beber nuestras Cocas, hablar, reír y coquetear. Como si fuéramos adolescentes comunes y corrientes de cualquier parte de este inmenso mundo.

10

Todo va bien. Resulta que Kelly-Marie es estudiante de primer año de la preparatoria Hudson y ya había escuchado sobre mí porque voy en último año —o bueno, iría, si alguna vez me presentara en la escuela—, y porque soy un poco famoso. Pero famoso mala onda: soy el chico que siempre está enfermo. Ella no lo menciona, pero yo sí.

—Síp, ese soy yo. El Increíble Chico Agonizante. —De inmediato me siento como un imbécil porque veo la inmensa tristeza en sus ojos azules. Me río—. Bueno, no del todo —le digo tratando de no sonar todavía más bobo.

Kelly-Marie se emociona.

—¿En serio? ¿No vas a morir?

La miro y le digo lo mismo que a mi mamá cuando está deprimida.

—Por supuesto que no. Escucha, en este momento, en este preciso instante, hay un montón de científicos sabelotodo que, o sea, como que todos estos tipos súper inteligentes que se dedican a investigar, ¿me explico?, están trabajando como dementes todo el día y toda la noche, y luego todo el maldito día otra vez. Vaya, pues estos tipos que están en Harvard, el MIT y Columbia y todas esas ondas

116

se pasan el tiempo trabajando con montones de probetas y terapias de genes y todo tipo de asuntos secretos. Están trabajando en esto, créeme. Van a encontrar una cura, yo confío en ellos totalmente. Estamos esperando que lo hagan en cualquier momento.

En realidad pienso: «Ajá, sí, claro, cómo no». Pero me doy cuenta de que ella sí se lo está creyendo. Igual que mamá. Supongo que la gente siempre cree lo que quiere creer.

Kelly-Marie asiente y sonríe. Me siento mejor porque logré animarla. La puerta se abre y de pronto veo a esta chica delgada, de ojos color café con pelusita en la cabeza que está parada ahí: Sylvie. Lleva una camiseta negra sin mangas y unos, bueno no sé cómo se llaman, creo que son *leggings* o mallas, o algo así, también negros. Está descalza. Se queda ahí balanceándose y toda vestida de negro, como si fuera el Fantasma de las Navidades por venir, ¿ya saben de cuál hablo? En su rostro veo una sonrisa atemorizante y me doy cuenta de que tiene los dientes afilados como su padre.

—Ajá —interrumpe con un tono sarcástico y desenfadado—. Los científicos ya están trabajando en ello, claro. Resolverán el asunto en, no sé, un par de años. Tal vez un poquito demasiado tarde para nosotros pero, qué importa, estoy segura de que *alguien* se curará. Lo que importa es eso, el bienestar de la raza humana, y no tan solo algunos cuantos individuos esqueléticos, ¿no es cierto, Richard?

Sylvie entra al cuarto. Y sí, entra *caminando*, y con mucho equilibrio, por cierto. Ni siquiera se tiene que sujetar a algo más, así de decidida —y furiosa, creo— se ve. Va directamente a Kelly-Marie, la mira con desprecio como si fuera un mojón de excremento que alguien dejó sobre la alfombra.

—Hola. —Extiende su delgadísima mano. Es muy elegante; se parece a esa actriz que sale en las películas viejitas.

Ah sí, Audrey Hepburn. Sale en esa película en que es una princesa pero trata de parecer normal. La diferencia es que aquí Sylvie es quien tiene todo el control, quien dirige la escena—. Soy Sylvia —le dice con claridad—, la novia de Richard.

Kelly-Marie se desploma sobre la silla. De pronto solo se convierte en Kelly, la gorda de primer año con un traje raro y que se esfuerza demasiado por ser *cool*. Luego se pone de pie y saluda con la mano a Sylvie pero nada más como por un milisegundo.

—Hola —dice—, yo, eh, solo vine a devolverle a Richard su cobija —explica al mismo tiempo que señala mi capa de estrellas—. Ya me voy —dice y sale rápidamente del cuarto con un azotón de puerta.

Sylvie se queda ahí parada con las manos sobre la cadera. Primero le lanza una mirada fulminante a la puerta y luego a mí.

—Entonces, ¿cómo fue que perdiste tu queridísima cobijita, Richard? ¿Me lo podrías explicar?

—No estoy seguro —contesto. Y es la verdad, porque no estoy seguro, ¿no? O sea, hay algunas opciones. Tal vez fue cuando Kelly-Marie me estaba tocando o cuando… pero creo que lo mejor es no mencionar las opciones—. Fue en algún momento durante la noche de Halloween.

—¿Estuviste con ella la noche de Halloween? ¿Con esa estúpida, mugrosa y patética imitación de chica gótica?

Debería defender a Kelly-Marie, en serio debería hacerlo porque es una niña linda, amable y generosa… que tiene senos grandes. Pero bajo la mirada de Sylvie empiezo a hacerme chiquito.

—No estuve así, lo que se dice, con ella, con ella. Es solo una chica que conocí en un bar. —Debo admitir que esto se escucha tan *cool* que tengo que seguir hablando—.

Estaba disfrazada de María Antonieta; su disfraz era muy creativo y, además, llevaba su cabeza bajo el brazo.

—¡Uy, sí! Me imagino que su disfraz era lo máximo.

—Sylvie presiona el botón para deslizar los barandales hacia abajo y luego serpentea hasta llegar a mí. Me pasa una pierna por encima de la cadera y me pasa una mano por el vientre.

—Con que llevaba su cabeza bajo el brazo, ¿verdad? E imagino que también les andaba sobando las cabezas a otros, ¿no es cierto?

—Bueno, yo en realidad no puedo decir…

—¡Cállate ya! —exclama. Los frescos y delgados dedos de Sylvie llegan a mi entrepierna; luego me pasa la lengua en círculos sobre la oreja—. ¿Sabes qué? Hay algo de verdad atractivo en los hombres experimentados sexualmente, Richard. Es una cualidad muy excitante, y resulta que por casualidad mi mamá y mis hermanos gemelos se fueron temprano a casa porque uno de ellos está enfermo. Y mi papá va a llegar tarde, así que… —sugiere, al tiempo que comienza a acariciarme.

Creo que podría morir feliz en ese preciso instante que su mano se mueve de esa forma. Creo que podría saltarme la muerte e ir directo al cielo. Su mano se mueve con más velocidad y sus dientes aprisionan mi oreja. Y luego, mucho antes de lo que me gustaría admitir, efectivamente me voy al cielo o a algo parecido, en ese momento y tal como estoy vestido, con mi camisón de vaqueros. ¡Ajúúúúúúúúúúúaaaa!

Por primera vez en mi vida disfruto de la relajación postcoital. Sylvie está acurrucada y yo acaricio su espalda. Deslizo mi mano debajo de su camiseta, la cual jalo un poco a la altura de su cuello. Al mismo tiempo rodeo sus senos con mis manos. Sus nalgas están pegadas a mí; debo decir que me siento tan cansado que hasta me es difícil tan solo estar aquí, ¿me explico? O sea, realmente quiero *estar aquí* porque tengo las manos sobre los senos de una chica, porque sé que tengo que asimilar esto, absorberlo por completo para que se convierta en un dulce recuerdo para siempre. Pero me desvanezco, aparezco y desaparezco; creo que a Sylvie le sucede lo mismo porque está demasiado callada. Su respiración, sin embargo, es rápida y rasposa. Cada vez que inhala, sus costillitas se hunden debajo de mis dedos, apenas si se mueven. También siento cada uno de los huesos de su espalda porque se me entierran un poco contra el pecho. Acomodo mi cabeza sobre la suya y de pronto simplemente me dejo ir y comienzo a quedarme dormido. Pero de repente ella se da vuelta y el empujón hace que me despierte. Se queda recostada de lado, con la cabeza sobre las almohadas, de tal forma que podemos mirarnos. Noto que sus cejas y sus pestañas están empezando a crecer de nuevo como una diminuta neblina negra. Sus ojos brillan muchísimo.

—¿Tienes miedo, Richard? —me pregunta.

Quiero mirar hacia otro lado. Siento cómo mis ojos se alejan de los suyos.

—¿De tu papá? Carajo, claro que sí.

Sylvie sujeta mi cara con sus dos manos.

—Mírame —dice con su voz rasposa—, y no seas cabrón. Te hice una pregunta en serio y quiero que me respondas con seriedad, como se debe. ¿Tienes miedo, Richard?

La miro a los ojos. Parece que arden como dos trozos de carbón. Tal vez tiene fiebre o, más bien, *ella* es la fiebre misma.

—Está bien. Me muero de miedo —le digo. Trato de reírme un poco mientras articulo la frase para que se dé cuenta de que es una broma un poco enferma, pero no puedo porque en ese momento siento que los ojos se me humedecen. Quiere seriedad, le daré seriedad—. Sí, Sylvia —confieso—. Definitivamente tengo miedo.

Ella asiente y me suelta.

—Eso pensé —me dice y luego se recorre un poco, se recuesta sobre la espalda y pone las manos debajo de su cabeza—. Pues yo no.

Yo me apoyo en el codo y la miro.

—¿No? ¿En serio? Vamos, tú también tienes que contestar con seriedad, Sylvia, como yo lo hice.

Sonríe.

—Es la verdad, Richard, no estoy asustada. Porque no va a suceder, al menos no ahora. Voy a mejorar. —Cierra los ojos. Por su tono de voz sé que se está quedando dormida, pero continúa hablando—. Tampoco se debe a algún milagro científico, es solo porque no lo voy a permitir, porque no pienso aceptarlo. —Entonces se escucha un suspiro profundo y de pronto se queda dormida.

Me quedo viendo su rostro un rato. En cuanto cierra los ojos se desvanece toda la vida que hay en esa cara, toda la furia. Solo queda la carita más pequeña, la más frágil que jamás se haya visto. A través de su piel es posible ver su cráneo, la mandíbula y la inclinación de sus sienes, todo de color azul intenso. Su piel está seca como papel. Creo que ya no tiene fuerza suficiente, es demasiado pequeña. La abrazo y la envuelvo con mis piernas. Trato de simular que soy una cueva para ella, como si pudiera protegerla por completo. La atraigo hacia mí y me quedo dormido.

Más tarde, pero quién sabe cuánto más, se encienden de golpe las luces del cuarto y me despiertan. Miro hacia arriba confundido. Es el Hermano Bertrand.

—Richard —me dice escandalosamente y a todo pulmón—: tengo algo para ti.

Ahora bien, debo aclararles que Sylvie es tan pequeñita que simplemente pudo haberse quedado quieta y callada debajo de la sábana, y lo más probable es que nadie lo hubiera notado. En serio que pudo haber hecho eso. Pudimos haberla librado, estoy seguro. Pero ya saben que la discreción no es una de las mayores cualidades de Sylvie. Para nada. Ella es lo que mi abuela llama una «cagafiestas»: la mujer se sienta derecha de golpe, arroja la sábana, estira los brazos por encima de la cabeza y deja que sus senos desnudos aparezcan apuntando al cielo. En medio de ellos está esa enorme vía férrea de cicatriz que tiene; la pone en exhibición, roja y brillante al contacto con la luz. La caga y no le da la menor importancia. Luego se acomoda la camiseta lentamente, muy, muy lentamente y deja que sus piernas cuelguen al lado de la cama. Para colmo, le sonríe al Hermano.

—Buenas noches. Richard y yo estábamos celebrando la víspera. Nos gusta reunirnos para orar juntos. O sea, nos gusta unirnos, pero unirnos lo más, lo más posible. Ya sabe: «La pareja que reza junta, permanece junta». —Y luego sale de mi cuarto como una reina chiquitita, sacudiendo las caderas.

Decir que el buen Hermano se quedó mudo es como decir que el Gran Cañón es un hueco enorme. De hecho, la mandíbula se le cae hasta el suelo, y luego él se desploma en la silla.

Yo me siento, acomodo bien el camisón de vaqueros —que todavía sigue mojado— debajo de la sábana y me vuelvo a poner la cobija sobre los hombros.

—¿Qué es eso tan importante que tenía que decirme y para lo que me despertó a medianoche? —le pregunto.

Tiene el cabello rojo y grasiento, y al frente de su camisa parece que hay mostaza, o algo amarillo. Sacude la cabeza.

—Richard, no puedo condonar…

Me inclino hacia delante, oprimo el botón de mi cama y luego señalo su gorda cara con mi dedo.

—¿Quién se lo pidió, eh? ¿Quién le pidió que condonara algo? Quiero que salga de mi cuarto en este momento. —Mientras más grito, más falta me hace el aire, pero sigo haciéndolo—. ¿Qué diablos pasó con la privacidad? Es un derecho humano esencial y usted lo viola cada vez que entra aquí sin siquiera tocar y empieza a darme sus sermones de mierda. Tengo derechos, hombre, y no tengo por qué someterme a este…

—¿Qué sucede, Richard? —me pregunta Jeannette desde la puerta.

—Es este hombre —le digo gritando—. Entra sin tocar la puerta y me obliga a escuchar sus estupideces. Haz que se vaya, por favor, quiero que me deje en paz, que me deje solo.

El Hermano Bertrand se levanta. Está temblando. Les aseguro que si alguna vez alguien quiso golpear a un niño moribundo, fue este hombre. Está morado del coraje.

—Pero no estabas solo cuando llegué, ¿verdad? —Su saliva me cae de frente. Luego voltea y le escupe a Jeannette—. ¡Estaba desnuda! —le dice—. ¡Desnuda en la cama de este muchacho!

Jannette se acerca y pone su mano sobre el pecho del Hermano.

—Váyase —le dice—: está molestando a mi paciente.

El chaparro se desanima y luego señala un sobre grande que dejó caer al suelo.

—Solo venía a entregar esto —dice—. Es un paquete que envió el tío del muchacho, eso es todo. Se lo vengo a entregar y así es como me agradece. —Luego se da la vuelta y sale con el culo tan apretado que hasta tensa el pantalón.

Jeannette se pone las manos sobre el rostro y se frota con fuerza.

—¿Estaba desnuda? —pregunta—. A ver, déjame entender, ¿tenías a una chica desnuda en tu cama? Me pregunto quién podría ser esa pequeña Lady Godiva. —Luego se acerca, levanta mi mano y me toma el pulso—. Muchacho, estás a punto de que te dé un ataque al corazón. Recuéstate, tienes que relajarte, Richard. Vamos, tranquilízate y respira.

Me recargo en las almohadas y respiro, pero ella tiene razón, estoy mareadísimo.

Jeannette espera hasta que mi corazón se desacelera y luego suspira.

—Muy bien, ahora quiero que me expliques qué pasa aquí. Y por favor, Dios mío, que no vaya a ser algo por lo que puedan despedirme. La última vez casi lo logras con tus jueguitos. —Se sienta en la silla—. Estoy cansada, hijo en serio, así que suelta la sopa.

Asiento.

—No sé por qué ese tipo me enfurece tanto. Es que entra aquí a medianoche y…

—Richard, apenas son las siete treinta. Lo sé porque eso significa que solo llevo cuatro horas y media trabajadas, y todavía me faltan tres y media más.

—¿Ah, sí? Pensé que era mucho más tarde —le digo. Y entonces pienso, ¿cómo es posible que todo eso haya sucedido apenas unas horas? ¿Lo de Kelly-Marie y lo de Sylvie y todo lo demás? Es como si mi vida entera hubiera cambiado en, ¿qué?, ¿un instante? ¿Acaso entré a la velocidad de la luz? Es completamente posible. De hecho, hasta parece lógico que el flujo del tiempo se haya modificado en este lugar.

—Sí, bueno, eso no es importante. Te repito que quiero saber *quién* estaba aquí desnuda. Y, ¿por qué estaba en tu habitación?

Cierro los ojos y, con mucha dignidad, le digo:

—Eso no se lo puedo revelar, mi madre crió a un caballero.

Entonces Jeannette comienza a reírse y se levanta.

—Muy bien, pero déjeme decirle algo, mi estimado príncipe entre los hombres, si acaso se te ocurre andar jugando con Sylvie, debes saber que su padre te va a matar como si fueras un conejo y luego te va a cocinar en asado. Aunque… —murmura casi para sí misma— bueno, ¿qué tanto mal podrían ustedes dos hacer en el estado en que se encuentran? —dice con un chasquido de lengua— Solo no lo hagan en mi turno, ¿de acuerdo? Por favor, por favor, por favor.

Cuando abro los ojos veo que su oscuro rostro ya se suavizó.

—Sylvie dice que va a mejorar —le cuento en voz baja—. Está totalmente convencida. ¿Tú crees que eso es posible?

Sus labios se quedan inmóviles. Sacude la cabeza.

—Ay, corazón, no lo sé.

—¿Cuántas probabilidades hay?

Jeannette respira hondo.

—¿Probabilidades? Yo ya no pienso en probabilidades, ya no. He visto demasiado —me dice y luego se inclina sobre la cama para estirar las sábanas.

—Jeannette, tú… o sea… ¿tú rezas?

—¿Cómo? ¿Rezar? Es una buena pregunta. Supongo que sí, pero, a diferencia de otras personas, no doy por hecho que Dios me escucha. Es decir, mira alrededor, mira mi lugar de trabajo. ¿Cómo diablos podría yo elegir *a alguien* por quién rezar aquí?

Asiento. Tiene razón, es un problema serio, ¿no es cierto? Esta noche, por ejemplo, ¿ustedes por quién rezarían? ¿Por el tipo que hace como cien años salió vivo de Bataán pero que esta noche se acabó su tiempo? ¿Por su compañero de cuarto? ¿Por la mujer en coma? ¿Por la señora Elkins? ¿Por Sylvie? ¿Por mí?

Jeannette pone su mano extendida sobre mi pecho.

—Ahora que lo pienso, si realmente me sintiera inclinada a hacerlo, ¿sabes por quién rezaría? —me pregunta.

Yo me la quedo viendo.

—¿Por quién?

—Por el padre de Sylvia. Sí, por él. Jamás había yo visto a un hombre sufrir tanto.

El padre de Sylvie. Vaya, eso sí que es una sorpresa. Jamás habría pensado que alguien como él mereciera una oración. Niego con la cabeza.

—No desperdicies tu tiempo —le digo—: ese hombre es el demonio.

—No. Ese hombre está viviendo en un infierno, eso es todo. No está a cargo del lugar, sólo llegó ahí por casualidad. Nadie le preguntó si quería ir ni le dio opciones. Piénsalo bien. Ese hombre solía cuidar a su familia, a su niña. Estaba acostumbrado a protegerlos, ¿entiendes? Y ahora… bueno, pues ya sabes. —Jeannette se voltea bruscamente, con toda su actitud de enfermera—. Ahora, jovencito, creo que necesitas un camisón limpio, pero ni siquiera voy a averiguar por qué, te lo aseguro. Y tal vez también quieras un poco de gelatina. El reporte de Edward dice que quieres empezar a comer un poco. ¿Roja o verde?

11

A la mañana siguiente me levanto, me baño y me visto. Desayuno algo ligero: caldo y café. Lo hago desde muy temprano, como si en verdad tuviera algo que hacer, como si me esperara un día muy ocupado. La luz del sol entra por las ventanas, y yo me siento decente. Levanto el paquete que dejó el Hermano Bertrand. La asistente que limpió mi cuarto lo dejó sobre la mesa de noche.

Es un sobre grande, de los que vienen acolchados. Dentro, en la parte superior, hay una nota. Es evidente que es del tío Phil porque la caligrafía es intensa y descuidada, y porque el papel huele a él: a cerveza y humo de cigarro. Comienza con: SU MAJESTAD, LAMENTO HABERLO ABANDONADO. TUVE QUE SALIR CORRIENDO PARA EVITAR PROBLEMAS PERO PASÉ TODA LA NOCHE ESCRIBIENDO ESTO. LE PROMETO QUE VOLVERÉ MUY PRONTO. Luego firmó: SU LACAYO FIEL, PHILIP EL TONTO. Pero entonces noté que tenía una postdata: CONFÍO EN QUE USTED SABRÁ ENCONTRAR LAS PISTAS ESCONDIDAS, MI SEÑOR.

Saco varias hojas de papel grueso que están rasgadas en la parte superior, como si las hubieran arrancado de uno de esos blocs grandes especiales para pintores. Son dibujos. Al principio me parece que fueron hechos con carbón pero luego veo que las líneas son muy delgadas y me doy cuenta de que fueron hechos con tinta. Son a blanco y negro; nada de color. El primero se llama *La mujer en coma* (octubre 31). Lo curioso es que la caligrafía del tío Phil en este dibujo está pareja y se ve pulcra. Da la impresión de que en cuanto se mete en su papel de artista se convierte en un tipo distinto. Casi me da miedo ver el dibujo de cerca, así que prefiero tomarme algunos minutos para extenderlos todos sobre la cama. Son cinco en total y todos tienen títulos y fechas: *La sala de estar para familiares* (octubre 31); *Los dos ancianos, habitación 304,* (octubre 31); *Sylvia* (octubre 31); *El Mundo de Richie* (octubre 31).

No sé por qué pero tan solo ver los dibujos hace que el corazón se me atore en la garganta. Están hechos con tanto esmero que en cada uno puedo ver cientos de detalles. No sé por qué me asustan pero así es. Quién sabe, tal vez porque me van a obligar a fijarme en cosas que no quiero saber que existen. Es como si supiera que la realidad de este lugar es demasiado abrumadora en blanco y negro. Pero los dibujos están formados ahí en mi cama, y sé que sería demasiado gallina si no los estudiara, si no apreciara el trabajo de Phil, vaya. O sea, es evidente que el tipo tiene un don y que trabajó como bestia para hacer esto. Es solo que me cuesta trabajo verlos todos de golpe, por eso los apilo en un orden que, según yo, es el menos atemorizante. Van del más tranquilo, que está encima, al peor. Ya saben, es para poder ver tal vez uno o dos y dejar los otros para después si quiero.

Me inclino sobre *La mujer en coma* y trato de analizarlo. Los ángulos son extraños. Es como si todo lo que estuviera en la habitación surgiera de un punto central.

Pero todo está allí: las ventanas, la puerta, el techo, las paredes, la mesa sobre la cama y todo el equipo de succión… todo. No sé, es como… circular. Y además se ve un poco distorsionado. Da la impresión de que todos los objetos se te van a caer encima. Como si todo hubiera sido succionado. Los angelitos de la cenefa están estirados y se ven raros, parecen gárgolas o algo así. Me quedo observando y, en ese momento, entiendo lo que pasa: todo lo que aparece en el dibujo se ve desde el punto de vista *de ella*. Como si la mujer fuera quien estuviera parada afuera del dibujo mirando hacia adentro. Mi cabeza se estremece en cuanto me doy cuenta de lo que hizo Phil: me puso en el lugar de ella. *Yo* soy la mujer en coma y esto es lo que veo. Es muy aterrador pero no puedo dejar de contemplarlo. Entre más observo, más cosas noto. En toda la habitación hay caritas desperdigadas. Son diminutas, parecen moscas. Tienen la boca abierta y platican conmigo pero no sé lo que me dicen. Poco después me fijo en lo que se ve fuera de la ventana. Es la luna, una luna llena gorda. Dentro de ella hay un rostro todavía más grande que sonríe. La sonrisa es como de calabaza de Halloween porque tiene dos dientes afilados arriba y uno abajo. No estoy seguro si es una sonrisa de felicidad o de maldad. Me quedo viendo los ojos del hombre que se ve en la luna pero no puedo descifrar la sonrisa. Estoy tan mareado que tengo que incorporarme sobre la cama. Y si aquí hay un secreto oculto todavía no lo encuentro.

Me acomodo bien y tomo el dibujo de los viejitos. Es un poco más alegre porque los ancianos están sentados en la cama y ven la televisión que está montada en la pared. Ambos tienen una cerveza en una mano y un cigarro en la otra. Me fijo bien. Estos tipos son jóvenes, o al menos, sus rostros lo son. Sus patillas están desaliñadas pero tienen cabello y no se les ve ninguna arruga. Uno de ellos tiene puesta una gorra de los Yankees, y el otro, una especie de sombrero viejo de pesca. El sombrero está repleto de moscas pegadas. El viejito de la gorra señala la televisión con su cigarro y se está riendo. Con la mirada sigo la línea que describe al señalar y veo lo que está en la televisión: son unos tipos con bermudas negras y otros con bermudas blancas. Todos observan cómo entra el balón a la portería. Cuando vuelvo a ver a los viejitos me doy cuenta de que la primera vez no noté que en realidad no están en sus camas sino en sillones reclinables. Alrededor de los sillones hay copias de *Playboy* y de *Sports Illustrated*. Además, las paredes no son de hospital. Están tapizadas y de ellas cuelgan fotografías. Hay repisas llenas de trofeos deportivos, fotos de niños y todas esas cosas. Sacudo la cabeza y sonrío. ¡Los tipos están en su casa! En el cuarto de televisión o algo así. Son unos tipos normales que ven un partido y se la pasan bien.

Esto no es tan malo. Estoy a punto de tomar el dibujo de la sala de estar para familiares cuando escucho la voz de Sylvie.

—¡Hola! Buenos días, Rich-Man.

Volteo y le hago una señal con la mano para que entre. Luce cansada pero sigue caminando sin ayuda. Trae una faldita corta de cuadritos sobre sus *leggings* negros. Blusa blanca y zapatitos, también negros, sin tacón. Es toda una preparatoriana.

—¡Oye! Parece que ya te vas a la escuela.

Ella se pasa una mano sobre la falda.

—Ajá. Cualquier día de estos —me dice y entra a la habitación—. ¿Qué es eso?

Me siento orgulloso de los dibujos porque son la prueba de que alguien de mi familia tiene algún tipo de talento.

—Son unos dibujos que hizo mi tío Phil. Son asombrosos porque sólo le mostré el lugar una vez y él, no sé, como que se lo aprendió de memoria. Ven, mira.

Sylvie se acerca y se queda parada junto a mí, inclinada sobre el respaldo de mi silla. Observa el dibujo de los viejitos del 304.

—Vaya —dice— qué buena onda.—De pronto señala una fotografía enmarcada que cuelga de la pared del cuarto en que están los hombres—. Mira lo que dice ahí.

Casi pego la cara al papel pero no puedo leer las letritas que ella me indica. O sea, veo que son palabras pero parece que las escribieron con tinta invisible o algo así. Se ven muy borrosas.

Sylvie se impacienta.

—Vamos, Richard, ¿qué?, ¿estás ciego? Mira, es como un lema bordado. —Toca el papel con su dedo—. Mira, dice POR SIEMPRE JOVEN en letra manuscrita, y hay una flor bordada alrededor.

Me siento y encojo los hombros.

—Si tú lo dices. —Me molesta un poco que la visión de Sylvia todavía sea buena, que ella sea más fuerte que yo. O sea, por ejemplo, sé que todavía envía mensajes a sus amigos siempre que puede. No permite que la visiten pero les envía mensajitos felices con risitas a todos ellos. De hecho, es una forma bastante *cool* de mentir porque, ojos que no ven, corazón que no siente, ¿no es cierto? Lo único que ven es lo que aparece en la pantallita y sólo se enteran de lo que ella quiere.

—Sí, eso dice —insiste Sylvie—. Y creo que es lindo, ¿no te parece?

—Sí, claro —respondo, pero la verdad es que no estoy seguro. Si lo piensan bien, la única forma en que uno puede permanecer joven por siempre es muriendo antes de envejecer, ¿no? Pero prefiero no decirlo. Mejor le pido que vea el dibujo de la mujer en coma porque tal vez ahí también pueda encontrar la pista.

No le toma nada.

—¡Vaya! —exclama—. Qué psicodelia, —dice al mismo tiempo que señala al hombre sonriente en la luna—. Hay una palabra en cada uno de sus dientes, ¿ya viste? Todas son mayúsculas diminutas: LEJOS DESDE HACE MUCHO. —Sylvie sacude la cabeza—. Vaya que es cierto, esa mujer *sí* que está lejos de aquí. Se fue hace mucho, cierto. Veamos otro.

Ambos observamos el dibujo de la sala de estar para familiares. Es igual a la original, con sus flores empolvadas y todo lo demás. No obstante, en el sofá está sentada una pareja de adultos que ven la televisión. Ella viste un estilo muy puritano con blusa floreada y falda recta, y tiene las piernas cruzadas a la altura de los tobillos. Él viste de traje, corbata y zapatos negros de charol. Lo único raro que veo es que hay un montón de querubines —ya saben, los angelitos bebés gordos con alitas— sobre sus hombros. En la esquina se ve a la arpía inclinada sobre su instrumento y desgarrando su corazón a través de la música. También tiene alitas. Me parece una imagen muy dulce.

Pero Sylvie está atacada de risa, tanto que se tiene que abrazar para contenerse. Señala la televisión pero no puedo ver de qué se ríe hasta que ella me lo explica.

—Mira lo que están viendo, ¡es pornografía!

Todavía no puedo distinguir bien, simplemente veo un montón de líneas entrelazadas. Pero de todas formas me río.

—Ja, ja, ¿en serio?

Sylvie señala la caja de video que está tirada en el suelo junto a los pies de la pareja. Hasta ella tiene que pegar la nariz al papel para leer las letritas.

—Y mira cómo se llama la cinta: *Manual del hospital para joderse uno mismo hasta curarse.* Y mira —Sylvie señala los pantalones de vestir del hombre—, el tipo tiene una erección, ¿alcanzas a ver? Es clarísimo, una erección en serio. Ja, y ella tiene la mano debajo de la falda. ¡Se está masturbando! Tu tío es un desmadre.

—Claro que lo es —añado. Me gustaría poder ver bien, pero qué importa: escuchar a Sylvie decir cochinadas es casi mejor aún—. ¿Quieres ver el siguiente? —le pregunto sin querer porque olvidé cuál era.

Sylvie se queda callada en cuanto nota que se trata de ella misma: *Sylvia* (octubre 31).

Antes de que ella lo levante y lo abrace contra su pecho, alcanzo a ver la mayor parte. Son todas esas fotografías de Sylvia cuando era bebé, ya de grande, ganando premios, todo eso. Las imágenes están reunidas en un cuadro alrededor de una cama. La chica que está en la cama duerme en posición fetal, desnuda. Es hermosa: tiene largo cabello rizado y negro, senos grandes y un dulce y redondo trasero. Trato de volver a mirar: me parece que junto a uno de sus senos hay un bebé, pero Sylvie cubre el dibujo por completo. La miro a los ojos y me doy cuenta de que está llorando.

—Oye —le digo al tiempo que toco su hombro—, ¿hay alguna pista?

Ella me mira como si yo fuera la persona más estúpida que ha conocido.

—El dibujo *es* la pista, Richard, todo el dibujo. —Me lo vuelve a enseñar por un instante—. ¿Qué no lo ves? Soy yo, de adulta. Tengo un bebé. Es… mi futuro. ¿Entiendes, Richard? Yo llego a crecer. Lo logro. —Luego señala la parte inferior del dibujo—. Aquí dice: MUJER BONITA.

Sylvie sostiene el dibujo contra ella y sale del cuarto. Lo lleva pegado a su pecho como si fuera el bebé que algún día tendrá.

Yo paso un rato sintiéndome furioso con el tío Phil. Porque, o sea, ¿qué derecho tiene este tipo a imaginarla desnuda? O aún peor, ¿a darle falsas esperanzas? O sea, lo detesto, en serio lo detesto. Sí, claro, de vez en cuando yo digo esas babosadas sobre la cura mágica-milagrosa que encontrarán los científicos, pero *no me la creo*. Y tampoco quiero tener esperanza. Lo que quiero es saber; quiero saber lo que va a pasar, enfrentarlo y lidiar con el asunto, ¿de acuerdo?

Pero entonces, ¿por qué mi corazón palpita con tanta fuerza cuando tomo el último dibujo? ¿*El mundo de Richie*? O sea, ¿qué es lo que espero? ¿Una bola de cristal? ¿Un atisbo a mi futuro? ¡Mierda! Conozco a Phil y sé que no es ningún adivino, créanme. Si lo fuera, no haría de su vida un papalote como tanto le gusta, ¿no? Porque, bueno, supongo que podría ver todos los desastres que se avecinan y podría esquivarlos. Eso es lo que creo, pero, ¿qué es lo que siento? No lo sé, me parece que algo distinto. Me inclino sobre el dibujo y noto que es mucho más sencillo que los demás. Soy yo en mi silla de ruedas pero visto desde atrás. Me veo grande y estoy al centro de la hoja. Todo lo que me rodea es diminuto comparado con mi altura pero de todas formas puedo ver el corredor, los otros cuartos, el mostrador de las enfermeras y todo eso. Es este lugar pero más bajito y más allá de todo se ve como un mapa: el serpenteante río Hudson llega más allá de lo que alcanzo a ver. Me miro otra vez; visto mi disfraz improvisado de Halloween: la corona en la cabeza y la cobija sobre los hombros como capa. No obstante, la capa es mucho más larga y flota detrás de mí; las estrellitas de la tela se funden con todas las otras estrellas que están desperdigadas sobre el papel. Tengo los brazos extendidos al frente como solía tenerlos Supermán en los programas de televisión. En mi capa hay letras suficientemente grandes para que yo las pueda leer: RICHARD CASEY: EL INCREÍBLE CHICO VOLADOR.

Contemplo el dibujo por un buen rato, y es curioso porque entre más observo, más siento que estoy volando de verdad, que me elevo. La sensación es divertida y un poco atemorizante a la vez; el hecho de ver que todo se va haciendo más y más pequeño es reconfortante pero también totalmente aterrador. Houston, tenemos un despegue. Cambio y fuera.

Llega un momento en que estoy tan mareado que tengo que voltear a otro lado. Por eso paso un rato mirando el brillante cielo azul a través de la ventana. «Mierda», pienso, maldita sea. Tomo *El mundo de Richie* y lo vuelvo a meter al sobre. Busco una pluma y al frente del mismo, escribo: PARA SISCO (TAMBIÉN CONOCIDA COMO LA MAMÁ DE RICHIE), CON AMOR DE SU HERMANO PHIL. Luego me deslizo en mi silla hasta el clóset que está junto a la puerta y pongo el sobre debajo de mi maleta del gimnasio y otras cosas que traje conmigo. Supongo que mamá lo encontrará después. Tal vez odie estos dibujos... o tal vez no.

¿Y qué hago con los otros dibujos? ¿Los divertidos y los cochinos? Esos los cuelgo en mi corcho de avisos para que todo mundo los vea. Luego empujo mi silla hasta el cuarto de Sylvie y me asomo. Ella está sentada al borde de la cama y todavía trae su trajecito escolar, pero ahora también tiene un sombrero. En realidad es una boina negra inclinada. También se puso un saco negro. Está sola; tal vez su madre y sus hermanos se tomaron otro día. Da la impresión de que espera algo, tal vez que alguien la recoja para tener una cita con ella, para llevarla a algún lugar o algo así. Creo que no soportaré más verla sentada ahí, arreglada para ir a ningún lugar. No es correcto. Así que entro con mi silla de ruedas.

—Hola, Mujer Bonita. ¿Quieres salir de este antro?

Y antes de que alguien pueda decir «Jack Robinson», ella se pone de pie y comienza a empujar mi silla hacia el vestíbulo y luego al elevador. Trato de ayudarla haciendo rodar las ruedas, pero ella me da un manotazo para que deje de hacerlo. Sé que Edward ya nos vio; está en el mostrador de enfermeros escribiendo los registros de los pacientes, así que es difícil que nos pase por alto. Sin embargo, no hace contacto visual con nosotros y tampoco dice nada.

Al llegar al vestíbulo vemos a la arpía. Ella levanta la mirada pero no deja de rasguear las cuerdas. Sonríe.

—Hola, niños —nos dice—. Que su día esté lleno de bendiciones.

La respuesta de Sylvie hace eco hasta el elevador. Sin embargo, no pienso repetirla aquí porque es bastante fuerte y muy, muy asquerosa.

12

Debo admitir que a medida que atravesamos los corredores en el primer piso del vestíbulo mucha gente se nos queda viendo raro. Aquí es donde los ciudadanos comunes y corrientes del mundo entran y salen para tomarse radiografías, muestras de sangre y todo eso. Sylvie lleva su peludita cabeza cubierta con la boina, pero la mía está a la vista de todo el público. La mayoría de la gente, sin embargo, se comporta educadamente, de forma natural. Primero se fijan bien y luego bajan la mirada al piso como si en realidad siguieran la línea azul, anaranjada o roja que los conducirá a donde van. Los niños son mucho más descarados, incluso nos señalan, pero está bien porque Sylvie los señala a ellos con la mano en forma de pistola y dice «¡bum!» a cada niño que se atraviesa. Usa su pulgar como gatillo y los niños o se ríen o fruncen el ceño.

Naturalmente, la señorita también quiere hacer una escala en la tienda de regalos. Es ridículo porque, o sea, ¿qué diablos podría necesitar?

—Ay, por favor, ¿qué quieres comprar?, ¿tarjetas que digan MEJÓRATE PRONTO? —pregunto. Ella sacude la cabeza.

—Qué poco sensible eres, Richard. No vine a comprar sino a hacer *window-shopping*. Esto es lo más parecido que tengo a un centro comercial. ¡Voy a hacer *window-shopping*!

Sylvie empuja mi silla de ruedas hasta el interior de la tienda y me estaciona en un rincón en el que me quedo como por tres o cuatro días mientras ella da vueltas por todos lados y levanta y revisa absolutamente cada artículo del lugar, lo juro. Va tarareando y toca todo lo que se le pone enfrente. Cada paquete de goma de mascar, revista, macetita con plantas, muñequito de peluche y, claro, cada una de las tarjetas. Desde el otro lado del mostrador una ancianita con bata rosada de voluntaria le sonríe a Sylvie, pero solo por unos instantes. Luego comienza a tamborilear los dedos sobre la caja registradora.

—¿Te puedo ayudar, querida? —pregunta—. ¿Buscas algo en especial?

Sylvie voltea y me lanza una sonrisa maliciosa, pero luego, cuando ve a la anciana detrás del mostrador, asiente con timidez.

—Oh, gracias, señora. Me gustaría llevar algo para mi hermana que acaba de tener un bebé.

La mujer entrecierra los ojos.

—¿Tu hermana?

—Sí, mi hermana mayor. —Sylvie se inclina sobre el mostrador y sonríe como un ángel—. El año pasado se casó con el hijo de nuestro ministro y el Señor acaba de bendecirlos con una hija. ¿Tendrá alguna de esas foquitas de peluche que son tan lindas? A mi hermana le fascinan las focas.

La mujer sonríe y le da unas palmaditas a Sylvie en la mano.

—Qué dulce eres, déjame buscar. Recuerdo que alguna vez tuvimos una foquita bebé. Era blanca y tenía los ojos azules. Tal vez esté en la parte de atrás —dice y desaparece detrás de una cortina.

En los quince segundos, más o menos, que desaparece la ancianita voluntaria, Sylvie toma como ocho paquetes de goma de mascar y me saca de ahí a toda velocidad. Nos quedamos sentados un rato masticando la goma de mascar en la sala de urgencias. Bueno, ella mastica, yo sólo le quito el sabor. Jamás podría decírselo pero tengo los dientes flojos y la goma de mascar no me sienta muy bien estos días. Aprovecho que ella no me mira momentáneamente para sacármela de la boca y arrojarla a un cenicero. Ella escupe el chicloso bocado en una planta artificial.

—Muy bien, ya descansamos demasiado. Tenemos que salir a respirar aire fresco. ¿Estás listo?

Más listo que nunca.

El cielo es azul y el sol brilla con gran intensidad pero el viento, que claro, no podíamos sentir en el interior, sopla durísimo. Es frío y cala. Además trae consigo gravilla de la ciudad. Es tan fuerte que Sylvie no me puede empujar por más de metro y medio en cada ocasión. Solo llegamos hasta el pequeño refugio de vidrio para fumadores que está fuera de la sala de urgencias. Y además, yo tengo que hacer rodar mi silla los últimos diez metros porque Sylvie no deja de resoplar y las piernas le tiemblan.

Pero cuando entramos, me parece que no está nada mal el lugar. No hay nadie más porque, ¿quién estaría tan loco como para enfrentar vientos huracanados para salir a fumar? Dentro de la caseta es posible soportar el viento, pero Sylvie tiene escalofríos. Se sienta en mi regazo; la envuelvo con la cobija. Apoya su cabeza en mi hombro y ambos miramos a través de las manchadas paredes de vidrio. Al menos desde aquí podemos ver un paisaje distinto. Sí, claro, en esencia es el estacionamiento de urgencias, tres casas al otro lado de la calle y, si nos inclinamos, un cachito del río, colina abajo. Además huele a cigarro y sobre el cenicero metálico hay pequeños montículos de colillas mojadas. Pero eso también está bien porque esos olores nunca llegan al pabellón; incluso este hedor nos indica que estamos en otro lugar, que por fin salimos.

—Por favor, quiero que notes que solamente te llevo a los mejores lugares —le digo a Sylvie mientras coloco mis labios sobre su cuello.

Ella ríe.

—Sí, por supuesto. —Se mueve un poco sobre mi regazo para acomodarse mejor. Los puntiagudos huesos de su cadera me lastiman un poco, pero es una sensación agradable y me hace abrazarla con fuerza. Señala una de las casas al otro lado de la calle: es una casa típica de Hudson. Algo así como un *townhouse* de tres pisos, un poco viejo, de ladrillos pintados de blanco y con persianas negras. La pintura se está cayendo y, en general, la construcción se ve descuidada, pero, tiene una terraza grande al frente y los dueños no han guardado las sillas de verano. En el jardín del frente todavía hay zonas verdes y, en el roble que está a un costado, aún se pueden ver algunas hojas de color marrón.

—Richard, quiero que vivamos ahí —dice Sylvie repentinamente—. Cuando nos casemos. ¿Te parece bien? Es decir, puede ser para empezar, antes de que nos mudemos a un lugar mucho más bonito fuera de la ciudad.

Tan solo imaginarlo hace que la garganta se me cierre.

—Sí, claro —le digo—, eso haremos.

Ella asiente.

—En la sala hay una chimenea, mira, desde aquí se ve cómo sobresale en el techo. ¿Lo ves? Los días que haga frío como hoy, puedes encenderla, ¿no? Bueno, pero solo en la noche, cuando ambos hayamos regresado del trabajo y nos podamos sentar en el sofá, descansar los pies sobre el taburete, beber vino y hablar sobre cómo nos fue en el día. Lo mantendrás encendido hasta tarde, hasta que el calor nos haga sentir sueño y estemos listos para ir a la cama. ¿Está bien?

—Sí, señora, como diga —contesto—. Mantendré ese fuego encendido todo el tiempo que usted quiera, pero, sobre eso de estar listos para ir a la cama… Cuénteme más.

Sylvie me pone la mano sobre el pecho con un golpe ligero.

—Ah, sí, claro, es lo único en que piensan ustedes los hombres, en irse a la cama. —Se acomoda un poco más sobre mi regazo y luego se ríe en cuanto siente que Bingo se levanta y hace presión contra su trasero. Su voz se transforma en un sensual susurro—. Bien, Richard, pues déjame comenzar por decirte que nuestra cama es muy grande. Es king-size. La rodean cuatro postes y, arriba, tiene uno de esos inmensos doseles de encaje que van de un extremo a otro. Hay montones de almohadas, con el mejor relleno que existe, y las sábanas son de algodón de seiscientos hilos. El *duvet* también tiene un acolchado estupendo y…

—¿Seiscientos qué? ¿Y qué diablos es un *duvet*?

Ella vuelve a darme un golpecito en el pecho.

—Hombre ignorante, un *duvet* es un edredón. Y las sábanas de seiscientos hilos son las más suaves. Ya cállate y déjame hablar. —Se apoya aún más en mi cuerpo—. Nos quitamos la ropa y temblamos un poquito porque arriba hace frío, ¿de acuerdo? Pero luego nos metemos rápidamente debajo de las cobijas y nos deslizamos, rápido,

rápido, rápido, hasta el centro de esa vieja cama en donde… nos encontramos. De hecho hay un huequito justo en el centro del colchón porque siempre nos acostamos ahí, ¿sabes? Cuando estamos desnudos en nuestra cama. Y bueno, solo digamos que los resortes están un poco desgastados por todos los saltos y…

—¿Saltamos? —Me pego a ella con fuerza y cierro los ojos.

—Ah, sí, claro. A veces, señor, usted salta con tanta fuerza que siento que voy a salir volando hasta el dosel de encaje, y por eso me tengo que sujetar con mucha fuerza y abrazarte fuerte con mis piernas y…

—Ah, o sea que, ¿tú estás arriba?

Ella casi ronronea.

—Por supuesto que yo estoy arriba, Richard. Estoy a cargo de la situación.

Entonces gira sobre mi regazo hasta montarme. Levanta su falda y pone las rodillas a los lados de mis caderas, luego mete la mano y me baja los pants. Y en cuanto se vuelve a sentar bien, encuentro ese punto cálido y húmedo por el que muero, justo a un lado de sus pantaletas. La abrazo y nos envuelvo con la cobija. La sujeto con tal fuerza que ella se vuelve invisible, y yo simplemente siento su cabeza inclinada y pegada a mi pecho.

—Así que… —continúa con su voz ronca—. Ahí estamos los dos. Yo me alejo para molestarte un poco. —Levanta su cadera por un instante pero luego la vuelve a apoyar con fuerza en mí, con firmeza otra vez. Está más caliente y sus pantaletas se deslizan hacia un lado—. Pero luego vengo otra vez —explica.

Estoy muy cerca, muy cerca de estar dentro de ella. Veo círculos de luz sobre mis párpados, y todos los músculos de mi cuerpo se tensan hacia ella.

De pronto cambia el ambiente dentro de la cabina de vidrio y me percato de que alguien acaba de entrar incluso antes de escuchar su voz.

—Richie, por Dios, Richie, ¿qué estás haciendo aquí afuera?

Sylvie se queda quieta y enseguida se aleja. Baja las manos, se arregla las pantaletas, me sube los pants, y luego saca las manos y asoma la cabeza por el hueco de la cobija.

—Oiga —dice—, ¿qué no se da cuenta de que queremos un poco de privacidad? ¿Quién es usted?

Pero yo ya sé quién es. Reconocí su voz y abrí los ojos en cuanto la escuché. Veo a la alta mujer de cabello rojo con un cigarrillo colgando de sus también brillantes y rojos labios.

—Hola, abuela —le digo.

Entonces Sylvie se levanta de mi regazo de golpe.

—Ay, Jesucristo.

Después de un largo silencio, la abuela se agacha y recoge la boina de Sylvie del sucio suelo del cubículo para fumadores.

—Se te cayó tu sombrerito, lindura —le dice—. Disculpen la interrupción.

Sylvie se coloca la boina sobre su cabecita peluda y extiende la mano como si fuera la reina Isabel disculpando a un lacayo torpe.

—No hay problema —le dice a mi abuela—. ¿Me regala una fumada?

En cuanto escucho el «no hay problema» me saco de onda porque, aunque mi erección ya se marchitó, sigo muy caliente. Aunque claro, nadie me presta atención a mí. Para nada. Me doy cuenta perfectamente de que estas chicas están conociéndose y que yo soy como un cero a la izquierda.

La abuela saca un paquete de Marlboro y le entrega un cigarro a Sylvie. Hasta se lo prende con un encendedor Bic de color verde brillante.

Sylvie aspira profunda y lentamente. Observo sus ojos y veo cómo se mueve su garganta. Es obvio que no es ninguna principiante; yo más bien diría que se trata de una adicta muy comprometida. Abre los ojos y sonríe.

—Dios mío, de todas formas esto es mejor que el sexo. —Me da unas palmaditas en la cabeza como si tuviera tres años—. Ay, pero por favor no pongas esa cara de sufrimiento, Richard. El sexo adolescente es así, ¿no? Noventa y cinco por ciento de frustración. Este es un encuentro perfectamente normal para un joven de tu edad: incompleto e insatisfactorio. Ya lo superarás.

La abuela da un resoplido y se inclina para plantarme un beso en la cabeza.

—Me da mucho gusto, verte, cariño. Tu novia tiene razón, nadie muere de frustración —dice y luego inhala profundamente de su cigarro y le sonríe a Sylvie.

Se están amotinando en mi contra. Las chicas contra el chico, fumadoras contra no-fumador. Les pongo mala cara.

—Tal vez no, pero hay quienes sí llegan a morir *antes* de acostarse con alguien. —Coloco las manos sobre las ruedas—. Hace frío, voy a entrar al hospital. Con permiso. —Me deslizo entre ellas y salgo para enfrentar al viento de nuevo. Detrás de mí todavía las escucho cacareando mientras yo avanzo lenta y trabajosamente de vuelta al edificio. Para cuando llego a las puertas corredizas, la abuela ya está detrás de mí.

Ella sujeta los mangos de mi silla y comienza a empujar. Luego voltea a ver a Sylvie.

—Súbete, dulzura, te ves bastante decaída.

Sylvie se sube pero no como hace un rato. Ahora solo se apoya en mis piernas y mira al frente como si fuera un mascarón de proa en forma de mujer. Así, tan rígida, parece de madera, pero conforme avanzamos va fulminando a toda la gente con la mirada. Todavía lleva el cigarro en la boca y, aunque va en contra de las reglas del hospital, exhala humo por todas partes. Pero nadie se atreve a decirle nada.

Hasta que llegamos al piso del pabellón para enfermos terminales. La abuela dio un buen alarido cuando vio a la arpía y nos empujó a toda prisa. La señora Lee, la empleada del piso que comió dulces Good&Plenty en Halloween, da un salto desde su escritorio y le arrebata el cigarro a Sylvie de la boca.

—¿Qué *diablos* te pasa? —pregunta con un resuello al tiempo que envuelve con su mano la colilla aún candente y la arroja al suelo para pisotearla hasta que casi la desmaterializa—. Por Dios, muchacha, aquí hay gente conectada a tanques de oxígeno, ¿acaso quieres que volemos en mil pedacitos?

Me temo que Sylvie está dispuesta a responder esa pregunta. Como se está sujetando de mis rodillas con ambas manos, me doy cuenta de cuánto tiembla.

—Lo siento —le digo a la señora Lee mientras sonrío con amabilidad—. ¡Qué tontos son estos chicos de ahora! Pero, ¿pues qué le vamos a hacer?

La señora no corresponde a mi sonrisa, solo se queda viendo feo a la abuela.

—Señora, se supone que aunque no lo parezca, usted es un adulto. Por cierto, ¿tiene autorización para visitar este piso? ¿Puedo ver su permiso de visitante?

—Oiga, es mi abuela… —comienzo a explicar, pero la abuela tiene todo bajo control.

—Richard Casey es mi nieto —dice al tiempo que tamborilea sus uñas de color rojo brillante sobre el escritorio de la señora Lee—, y esta adorable niña es su amiga. Ahora nos dirigimos a su cuarto para entregarla sana y salva. No ha pasado nada. Seguramente usted misma puede darme un pase porque las abuelas siempre tienen permiso para entrar, ¿verdad, cariño? —Después de dar su explicación, la abuela me guiñe.

La señora Lee está que echa chispas pero le entrega un pase anaranjado de visitante y nos deja ir. Llevamos a Sylvie a su cuarto y, allí, la abuela tiene que ayudarle a recostarse en la cama. Se ve demasiado enclenque, parece muñeca de trapo vestida con uniforme escolar. La abuela desliza las cortinas alrededor de la cama y alcanzo a oír que le murmura algo a Sylvie. Por lo que escucho, le está ayudando a quitarse la ropa y meterse a la cama. Yo me quedo sentado con la sensación de ser bastante inútil.

—Oigan, muchachas —digo después de un rato—, yo las dejo. Nos vemos al rato.

Entonces ruedo mi silla hasta mi cuarto a pesar de que ni siquiera estoy seguro de si voy a poder subir a la cama solo. Pero no importa. Ya he aprendido algunos trucos y sé cómo lanzarme a la cama desde la silla. Sólo tengo que colgarme de un lado de la cama y usar el barandal como escalera. Tengo tanto sueño que no pasan ni tres segundos entre que caigo sobre las sábanas y me quedo inconsciente.

Recobro el conocimiento y la abuela está sentada en la silla junto a la cama. Se cubre los ojos con las manos. Mientras no me puede ver, yo aprovecho para observarla. Trato de calcular su edad: mamá tenía diecisiete cuando yo nací, y la abuela tenía dieciséis cuando ella nació. Y ahora yo tengo diecisiete. Hago una sumita mental y… ¡Sí, la abuela debe tener cincuenta años! Pero todavía tiene un montón de cabello de color rojo y anaranjado, sigue delgada y todavía usa tacones y pantalones negros ajustados. Su blusa es de color azul brillante y tiene tres de los botones desabrochados. Gracias a eso se alcanza a ver su escote arrugado y lleno de pecas. En el cuello trae puestas como cien cadenitas con cuentitas y no sé qué tanta cosa más, lo mismo que en cada una de sus muñecas, y quince anillos en sus dedos huesudos. La abuela lleva toda la vida siendo *hostess* de un club en Scotch Plains, Nueva Jersey, e independientemente de si está en el trabajo o no, siempre se viste más o menos igual. No me queda más que sonreír al ver las asombrosas diferencias entre mi mamá y la abuela. Mamá tiene el cabello lacio y rubio, y lo usa corto, no más allá de los hombros. Nunca la he visto usar maquillaje ni zapatos de tacón. Usa faldas de algodón más bien largas, blusas almidonadas con los botones cerrados hasta el cuello y suéteres de punto. Una vez escuché que una amiga suya le decía que se vería muy linda si hiciera el esfuerzo, pero mamá la mandó al carajo. También la abuela le ha dicho que se arregle. «Hija, luces como si hubieras hecho voto de castidad», le escuché decir una vez. «Es como si ya hubieras empacado y estuvieras lista para irte a vivir a un convento». Mamá sólo sonrió: «Justamente. El día que Richie nació hice voto de castidad. Estoy demasiado ocupada para estas tonterías, así que déjame en paz».

La abuela baja las manos y al ver su maquillaje corrido, comprendo que ha estado llorando. Me ve despierto y entonces se apresura a sacar varios pañuelos desechables de su bolsillo para sonarse la nariz. Luego se da una limpiadita debajo de los ojos y el pañuelo queda todo negro. Se levanta y me da un beso en la cabeza.

—Hola, mi Ricky Ricón. —Se inclina y aprieta mi cabeza contra su pecho. Alcanzo a oler perfume, spray para el cabello, cigarros y un poco de sudor.

Ricky Ricón. Siempre me llamó así. Creo que es un niño, un personaje de un cómic antiguo. Es un chico verdaderamente adinerado. La abuela siempre dijo que yo era tan inteligente que algún día también tendría millones. Hace mucho tiempo eso sonaba hasta lindo, pero ahora me parece una broma estúpida. Con cuidado, me zafo de mi abuela.

—¿Cómo está mamá?

Ella se recarga y sacude la cabeza.

—Tiene fiebre, tos y está de mal humor. Es imposible que venga. Está preocupadísima por ti y se comporta como niña. Pero fuera de eso, está bien.

—Ah. —En ese momento me doy cuenta de que en realidad no quiero enterarme de cómo está mi mamá. Es demasiado triste—. Y entonces, ¿cuándo llegaste?

—Anoche. Empaqué desde hace dos semanas, solo estaba esperando que me llamara. Tomé el autobús de Plainfield a la ciudad y luego un tren para llegar acá. En cuanto llegué tomé un taxi directo a la casa. Creo que no le dio nada de gusto verme. —Cuando sonríe, alcanzo a ver sus dientitos chuecos y amarillos—. Vine, principalmente, para cuidarte, jovencito. Tu madre cree que podrías cometer alguna insensatez mientras ella no está aquí. Que podrías meterte en problemas. Qué tontería, ¿verdad? —dice al tiempo que me entierra una de sus rojas y afiladas uñas en la pierna. Yo sólo me encojo de hombros.

—¿Phil está en casa? —pregunto.

—No, no tengo idea de dónde está tu tío en este momento. Pero estamos tablas porque él tampoco sabe dónde estoy yo. —La abuela se sienta derecha y mira alrededor—.

148

Y entonces, ¿qué *haces* aquí para divertirte? Digo, además de tratar de bajarle las pantaletas a esa niña bonita.

—No mucho —le explico—. Este lugar es muy tranquilo.

—Vaya. Yo me volvería loca. Pero bueno, veamos que hay en la televisión ¿sí? —La abuela enciende el televisor y deja el canal en donde está Oprah. Es el momento perfecto para que Ricky Ricón se vuelva a dormir. Y eso es lo que hago.

Cuando despierto veo a través de la ventana que el cielo ha oscurecido. Pero el viento continúa soplando allá afuera: lo escucho aullar a pesar del grosor del vidrio y, de vez en cuando, algo choca contra la ventana. Tal vez son hojas, una bolsa de plástico o algo así. Es una noche salvaje. Me siento en la cama. En la televisión ahora solo hablan de las novias neuróticas. La abuela está profundamente dormida, hecha bolita en el sillón. Como tengo que orinar, trato de levantarme de la cama sin despertarla, pero en cuanto pongo los pies en el suelo ella se despierta, se sienta derecha y gruñe un poco. Luego se sujeta la espalda y trata de estirarse.

—Jesús mío —suelta—, soy demasiado vieja para dormir así. Oye, muchacho, ¿necesitas ayuda?

Odio haber llegado al punto en que le tengo que pedir ayuda a mi abuela para orinar.

—No, gracias —le contesto. En mi camino al baño hago una pausa y me sujeto al respaldo de su sillón para mantener el equilibrio. ¿Por qué no te vas a casa, abuela? Para que veas cómo está mamá. Estoy preocupado por ella.

Pero la abuela sacude la cabeza.

—Para nada. Ya tengo órdenes. Tu madre me dijo que estacionara mi trasero justo aquí y te acechara como si fuera un halcón, que no te dejara solo ni por cinco segundos. Dijo que si te llegabas a meter en más problemas mientras yo te cuidaba, me iba a desollar viva. —Se pone de pie y coloca ambas manos en su espalda mientras gime—. Lo siento, Richard, sé que te gustaría tener privacidad. Te juro que te entiendo y estoy de acuerdo contigo, pero tengo que obedecer órdenes, sólo obedecer órdenes.

Hago un sarcástico saludo militar.

—Sí, señora. Señora comandante, solicito permiso para orinar, señora.

La abuela se ríe y empieza a toser con carraspera.

—Permiso concedido para orinar —contesta en medio de un resuello.

Para cuando regreso y me siento en el borde de la cama, ya tiene la baraja extendida sobre la mesa de la cama para jugar solitario. Voltea y aterriza las cartas con tanta velocidad, que solo de mirarla me mareo. Sus manos vuelan y, cada vez que sale la carta que estaba buscando, gruñe ligeramente.

Me siento un rato en silencio y luego le digo lo que he estado pensando. Es gracioso porque ni siquiera me había dado cuenta de que llevaba algún tiempo analizando el asunto. Al menos, no hasta que las palabras salen de mi boca.

—Oye, abuela, ¿crees que a mi padre le gustaría enterarse de mi existencia? —Me mira tan rápido y con tanta avidez, que debo apresurarme a decir lo que repentinamente sé que quiero expresar—. Es decir, ¿lo crees posible? Ni siquiera sé quién es el individuo porque ya sabes que mi madre nunca me ha hablado de él, pero supuse que tú podrías tener información. Le iba a preguntar a Phil pero luego nos enfocamos en otros asuntos y, además, ni siquiera estoy seguro de que él sepa. Pero la verdad es que tengo la impresión de que *tú* sí sabes quién es, y por eso pensé que… —de pronto me quedo sin aliento.

La abuela empieza a voltear sus cartas otra vez, pero lo hace con mucha más lentitud. Creo que casi puedo escucharla pensar. Mantiene la mirada sobre los naipes. Ya acumuló bastantes cartas rojas sobre negras.

—Esto que me dices es una locura. He estado pensando mucho al respecto, Richard. Sé que tu madre me mataría, pero, bueno, lo he estado considerando.

Mi corazón prácticamente deja de latir.

—Entonces, ¿sí sabes quién es?

La abuela coloca otra carta: cuatro negro sobre cinco rojo.

—Sí, siempre lo he sabido. O, por lo menos, estoy prácticamente segura. —Voltea a verme y me doy cuenta de que sus ojos manchados de negro, también… no lo sé con exactitud, pero parecen fastidiados, tristes.

—Tu madre no está enterada de que lo sé pero lo sospecha. En un par de ocasiones le dije que estaba loca porque no quiso exigir el apoyo económico para manutención al que tenía derecho y porque tampoco le clavó al tipo la piel a un árbol ni pidió ayuda. Ay, Dios santo, claro que no. Ella nunca haría eso. Para nada. Ella luchó para mantenerse a sí misma y a ti. Te juro que hubo ocasiones en que estuvieron a punto de morir de hambre pero jamás interrumpió la cómoda vida de ese hombre.

De pronto tengo que doblar mis manos sobre el regazo para que dejen de temblar.

—Entonces… ¿Él es feliz?

La abuela se encoge de hombros y vuelve a acomodar cartas otra vez: tres rojo sobre cuatro negro.

—¿Y yo cómo diablos puedo saberlo? ¿Quién sabe algo sobre la vida de alguien más? —dice mientras coloca el as de corazones sobre la hilera de naipes—. Está bien, debo admitir que busqué al tipo en internet un par de veces y se veía feliz en las fotografías. Pero todo mundo se ve feliz en ellas.

—¿Todavía vive por aquí?

La abuela añade el dos de corazones al as y luego toma el tres rojo que acaba de poner junto al cuatro negro y lo sube también. Su juego va muy bien.

—No, ya no. Se mudó en el verano, antes de que nacieras. Qué conveniente, ¿no?

Su comentario me atraviesa el pecho como flecha.

—Pero, ¿lo sabía?, ¿sabía que yo iba a nacer?, ¿por eso se fue?

Ella sacude la cabeza.

—¡Ajá! ¡Te tengo, as de tréboles! —Coloca esa carta encima de todas las demás. Estoy seguro de que va a ganar el juego—. Lo dudo mucho. Tu madre es demasiado reservada, ¿o tú qué opinas?

Yo creo que si mamá pensó que el tipo no la iba a querer ni a ella ni a su bebé, que no tenía espacio en su vida para nosotros, entonces jamás le dijo nada. Claro. Es algo que ella no haría nunca. De verdad nunca.

—Ajá. Él no sabía nada. De acuerdo, supongo que no fue su culpa —le digo.

Pero entonces la abuela da un manotazo sobre la mesa.

—¿Que no fue su culpa? ¡Qué tontería! Richard: tu madre tenía dieciséis años cuando quedó embarazada. Era un dulce, tímido y callado corderito de dieciséis años, y el tipo era maestro de la Preparatoria Hudson. Era un hombre casado y daba clases de Literatura. Le leyó poemas y le bajó la luna y las estrellas. Recuerdo muy bien cómo se comportó ella todo aquel invierno, como si flotara en las nubes. Todos los días aparecían libros nuevos en su mochila. No dejaba de hablar de poesía ni por un instante. «Camina bella, como la noche», y todas esas estupideces. Oh, sí, vaya que el tipo era maestro, vaya que educó a la muchacha, ¿verdad? ¡Ah!, y, ¡ups! Le dejó un bollito en el horno, completamente gratis. ¿Y me dices que no fue su culpa? ¿Acaso no hipnotizó a la muchachita con sus versos para luego poder cogérsela? Ay, por Dios santo. ¡Carajo! —La abuela se pone de pie y los naipes vuelan por toda la cama; algunos caen hasta el suelo. Ella no deja de temblar—. Y ahora el tipo es la gran estrella en Westchester. Creo que es superintendente de la escuela o una mierda similar. ¡Hijo de puta! —exclama y sale de mi habitación.

Me apoyo en las almohadas y me quedo pensando. Es decir, en realidad no *siento* nada, pero tengo la mente súper despejada y por eso me pongo a pensar. Me esfuerzo mucho en hacerlo. Me doy cuenta de que dentro de muy poco tiempo mi mamá se va a quedar muy sola y va a necesitar todo tipo de ayuda. Dinero, por ejemplo; el dinero siempre sirve. O sea, no es lo más importante y ni siquiera es la mitad de todo lo que ella merece, pero no le vendría mal. En cuanto la abuela regresa con la charola de mi cena, me siento bien derecho.

—Abuela, escúchame: tú puedes hacer esto. Puedes contactar a un abogado y preguntarle si es posible que encuentre al tipo y lo obligue a compensarla. Que haga una prueba de ADN o lo que sea necesario, y si sí es él, pues no sé, imagínate. O sea, pensemos en dieciocho años retroactivos de manutención por parte de un individuo que tiene un buen trabajo. Sería bastante, ¿no? Con eso mamá podría estar bien de por vida. ¿Podrías hacerlo?

La abuela baja la charola.

—Ay, Richard, no lo sé, creo que tu madre se enojaría muchísimo.

La tomo de la mano.

—Sí, tal vez esté enojada por algún tiempo, pero yo te doy permiso, ¿de acuerdo? Es decir, creo que mi opinión cuenta en este asunto y quiero pensar que ella va a estar bien. ¿Sí? O sea, eso es en verdad muy importante para mí. Tengo que quedarme con la idea de que va a estar bien. ¿Entiendes? —De pronto siento que la voz se me quiebra. Ella también está a punto de llorar—. Solo hazlo, ¿sí?

La abuela levanta la tapa plateada que cubre la comida.

—Dios mío, ¿y a esto le llaman comida? —Toma un tenedor y prueba la carne—. Ay, no. —Vuelve a morder y luego deja el tenedor a un lado con mucha delicadeza. Me aprieta la mano—. Lo voy a pensar, Richie, pero no te prometo nada. Lo voy a evaluar, yo sola. Porque… sí te has dado cuenta de que últimamente tu madre no me tiene mucho aprecio, ¿verdad? Es decir, ya no está enojada conmigo todo el tiempo, pero tampoco me busca. Ya no hablemos de eso, ya ni lo menciones. En fiiiiiiiin… —Se acomoda el cabello hacia atrás y se ríe. Me doy cuenta de que le cuesta trabajo reírse, pero es una mujer recia. Eso es algo que debo admitir: aunque de distintas maneras, las mujeres de mi familia son muy fuertes. Bueno… tal vez no son maneras tan distintas después de todo.

—Trato hecho, gracias —le digo.

Ella ondea la mano en el aire como para que nos olvidemos del asunto. Me da la taza de café y comienza a comerse las papas.

—¿Qué? —me pregunta—. No me pongas esa cara. Sí, esta comida es una porquería pero es gratis, y yo nunca rechazo comida gratis. No, señor. —Mientras yo sorbo el café y ella mastica nos quedamos en silencio. Luego me mira; sus ojos brillan como si tuvieran estrellitas. Me doy cuenta de que está a punto de decirme algo entretenido y, tal vez, perverso—. Richard, he estado pensando en algo, algo mucho más divertido. Gracias a esa muchachita tan inteligente, la señorita Sylvie, tuve una revelación. Es algo, que se le ocurrió cuando la llevé a su cuarto para que se acostara. Qué niña tan alocada, en serio. ¿Quieres que te cuente?

Sonrío.

—Sí, claro, ¿qué se le ocurrió?

La abuela sonríe como niña.

—Bueno, a Sylvie se le ocurrió que tal vez yo podría, digamos… distraer a su padre un rato hoy por la noche. Me contó que siempre necesita un trago y que cuando ella se duerme él sale a pasear por ahí. Ella cree que yo podría acompañarlo y mantenerlo lejos de aquí por un rato más largo de lo normal. Para que ustedes puedan, no sé, ¿pasar más tiempo juntos sin interrupciones? ¿Y quizás tener algo de privacidad? —Me guiñe un ojo—. ¿Qué opinas?

Cierro los ojos.

—Opino que tengo la mejor abuela de todo el mundo mundial —exclamo.

—Sí, ya lo sé, muchacho. Digamos que es un regalo de cumpleaños adelantado.

13

Decido tomar una ducha. Porque, o sea, las mujeres consideran que la higiene personal es un elemento muy importante de la masculinidad, ¿no es cierto? Y no quiero ser ofensivo. A las mujeres les gusta que sus compañeros —ah, porque esa es la palabra que usan los maestros de educación sexual: compañeros— huelan bien. Es algo que ya he escuchado varias veces. De hecho, parece que las chicas son ridículamente quisquillosas con este asunto. Por eso, lo primero es lo primero: la ducha. Aunque, claro, es más fácil decidirlo que hacerlo. Edward no está de guardia y yo, en realidad, no quiero pedirle ayuda a nadie más. Nadie baña pacientes en la noche y, además, cualquier enfermero o enfermera a quien le solicite ayuda, se va a preguntar por qué de repente me urge estar limpio en este preciso momento. Es un gran problema. Tampoco voy a recurrir a la abuela y, además, ya está por ahí en el corredor platicando animadamente con el padre de Sylvie. Supongo que se están haciendo amigos. También me imagino que están coqueteando como locos. Ella no es mucho mayor que él y, además, es muy guapa. Es decir, es muy guapa para ser una abuelita. Solo de pensar en la abuela y el padre de Sylvie juntos me asqueo tanto que mejor vuelvo a pensar en cómo darme un baño.

«Ah, pero qué demonios. Puedo hacerlo yo mismo», pienso. Porque, vaya, un hombre tiene que hacer lo que tiene que hacer, ¿no? Me deslizo en mi silla por el cuarto. Tomo una toalla, una camiseta, pants y una barra de jabón. Pongo todo sobre mi regazo y hago rodar mi silla por el corredor hasta las regaderas. La primera dificultad se presenta desde antes de entrar porque la puerta no es automática. O sea, uno la tiene que abrir. Cuando un enfermero como Edward se hace cargo de bañarte, esto no representa mayor problema porque solo voltea tu silla, se estira para abrir la puerta y te mete de reversa: pan comido.

Pero en este momento parece un espantoso problema que debo resolver para la clase de Física que, por cierto, fue un curso de la prepa que logré pasar con un espectacular y dificilísimo 6, gracias, en su totalidad, al maestro que tuve en el hospital de Nueva York. Por suerte el corredor está vacío porque la gente ya se durmió. La cena terminó hace un buen rato y la mayoría de los visitantes ya se fue a casa. Desde mi silla puedo estirarme y abrir un poquito la puerta, pero no puedo deslizarme hasta adentro. Si me pongo de pie y me coloco detrás de la silla puedo sujetar los mangos y empujar, pero entonces no puedo alcanzar la manija de la puerta. Es una locura que esto sea tan difícil, pero sé que hay una forma de hacerlo. Debe haberla. Entonces se me ocurre lo siguiente: me paro frente a la silla y abro la puerta un poquito. Luego trato de jalar la silla detrás de mí y usarla como cuña para mantener la puerta abierta. Pero no me sale bien. «Al diablo», pienso. Alejo la silla de la puerta y dejo que ésta se cierre detrás de mí. Luego tomo mis cosas, dejo la silla a un lado y comienzo a arrastrar los pies hacia la puerta con mis objetos personales entre los brazos. Debo decir que, para este momento, odio esta puerta. La odio de pies a cabeza porque es como si la maldita fuera un obstáculo que me impide perder la virginidad y convertirme en hombre. Es como si fuera un desafío impuesto por el rey de algún cuento. Ese acto imposible que el héroe tiene que realizar para lograr que la hermosa dama llegue a sus brazos. Muy bien, si soy el puñetero héroe, entonces sé que encontraré la manera de hacerlo. Pero no tengo toda la noche. Muy bien, debo hablarme a mí mismo con calma y amabilidad: «Richard, simplemente abre la puerta y entra. Una vez que estés en la relativa privacidad del cuarto de regaderas ya no importará si tienes que arrastrarte. Sólo hazlo, hombre».

Pero no es nada sencillo. Se me caen cosas y cada vez que las recojo la cabeza me da vueltas. La barrita de jabón envuelta en papel se me escurre por el suelo y me dan ganas de llorar. Vaya héroe.

—¿Necesitas ayuda, Richard? —La voz proviene de exactamente atrás de mí.

Cierro los ojos y me apoyo en el marco de la puerta. Es el Hermano Bertrand. ¿A poco no adivinaron que sería precisamente él?

—No, gracias —contesto—. Estoy bien.

El tipo me da un toquecito en el brazo. Cuando abro los ojos, veo que me está entregando la barrita de jabón. Si me suelto del marco de la puerta para tomar el jabón sé que me caeré al suelo. Así que sólo me quedo mirando la barra de Ivory envuelta en el papelito blanco. Demonios, es solo un trocito de jabón, eso es todo, pero tomarlo es un objetivo inalcanzable. Respiro hondo.

—Bueno, en realidad, si pudiera usted abrir la puerta y empujar mi silla, se lo agradecería. Sólo deje el jabón en el asiento.

El Hermano gruñe.

—Siéntate en la silla, Richard. Te voy a meter con todas tus cosas. —El Hermano pone sus gordos dedos sobre mi codo y me sostiene mientras me siento. Luego coloca mi ropa y el jabón sobre mi regazo. Gira la silla, abre la puerta, la sostiene con su cadera y luego me mete. Por lo que se ve, está familiarizado con las maniobras de las sillas de ruedas—. Aunque… —murmura—, la verdad es que no sé por qué necesitas bañarte a las ocho de la noche.

Ya que estamos en el cuarto de duchas, veo los mosaicos blancos y percibo el aroma a cloro. Ondeo la mano.

—Tengo una cita importante, Hermano. —Su de por sí ya rosado rostro se torna casi rojo. Yo sonrío con la mayor dulzura de la que soy capaz—. Bueno, no del todo, hombre. En realidad… —me inclino y, susurrando, le digo—: tuve un accidente. Ya sabe, una fuguita. Lo sé, qué mierda que suceda a esta hora. Tengo que asearme.

El tipo retrocede y tuerce un poquito la nariz, como si realmente pudiera oler la «fuguita».

—Estoy seguro de que alguna de las enfermeras podría…

—Todos están muy ocupados. No quiero molestar. Usted seguramente me entiende: la independencia es muy importante para nosotros los adolescentes. Quizás ya leyó algo al respecto en alguno de esos libros de asesoría, ¿no?

El Hermano rechina los dientes, y su anaranjado cabello se levanta un poco.

—Muy bien, vamos a darles un descanso a las enfermeras. Yo te puedo ayudar. —El tipo toma la ropa limpia y la toalla que está en mi regazo y coloca todo en una silla de plástico. Desenvuelve el jabón, se mete al enorme cubículo de la regadera y abre la llave del agua—. ¿Quieres que te ayude a quitarte la ropa?

Su cara está roja como jitomate. No puedo ni siquiera soportar la idea de que este hombre ponga sus dedos de *hotdog* sobre mi piel.

—Naaa, —le contesto al tiempo que me quito la camiseta—. O sea, piénselo, *brother*. Según entiendo, ustedes los religiosos —señalo su collar blanco de perro— tienen bastantes problemas con este asunto, ¿no? —le digo mientras le lanzo una mirada lasciva y le guiño un ojo—. Tal vez lo mejor sea que no arriesgue su reputación. Es decir, piense en lo que pasaría si lo encuentran aquí frotando a un chico de diecisiete años con una barrita de jabón. —Comienzo a quitarme los pants—. Ufff, qué caliente y vaporoso se está poniendo aquí, ¿no le parece?

De pronto el Hermano se pone lívido y comienza a sudar. O, tal vez, el vapor realmente lo está incomodando.

—Tengo que predicar para otros pacientes, Richard. Si necesitas ayuda, oprime el botón —dice y sale corriendo.

A mí me da tanta risa su huida, que siento una explosión de energía que me permite apoyarme en la pared y mantenerme de pie debajo de la regadera sin problemas. Me enjabono yo solo las partes privadas, justo como se lo acabo de sugerir al Hermano y, mientras lo hago, pienso en Sylvie. Entonces me tengo que enjuagar rápidamente para que mi bultito no se hinche demasiado pronto. Cuando termino y me seco, me empiezo a poner súper nervioso, así que me veo obligado a sentarme en una silla para ponerme la ropa limpia. Luego tengo que enfrentarme a esa puñetera puerta otra vez, pero creo que esta vez será más sencillo porque abre hacia fuera. Estoy ahí sujetando los mangos de la silla de ruedas y tratando de empujar la puerta con mi trasero al mismo tiempo, cuando de repente la puerta se abre con tal fuerza que casi me caigo de espaldas. Pero más bien termino chocando con el trasero de Jeannette, quien está a punto de meter otra silla de ruedas por la puerta. Y en esa silla se encuentra sentada Sylvie como si fuera una princesita. Sobre el regazo lleva su ropa, champú, una barrita de jabón, perfume y todo ese tipo de cositas de niñas.

Claro, de pronto se produce uno de esos interesantes e incómodos momentos —uno de mis maestros los describió como momentos «tirantes»— cuando Sylvie y yo nos topamos de frente pero logramos atravesar la puerta en sentidos opuestos sin hacer contacto visual.

Jeannette pone los ojos en blanco y luego me echa un vistazo rápido de la cabeza a los pies.

—Qué gusto encontrarlo por aquí, joven Richard —dice al tiempo que entrecierra los ojos y nos ve a ambos—. ¿Y ahora por qué los dos están tan interesados en ducharse de noche?

Por supuesto, Sylvie reacciona antes que yo y sonríe como el ángel más dulce sobre la tierra.

—Porque la limpieza es lo más cercano a la pureza, naturalmente.

Jeannette solo sacude la cabeza.

—Yo no sé nada. Sólo trabajo aquí. Vamos, muchachita, a bañarte.

—¡Adivina qué, Richie! —exclama Sylvie mientras Jeannette la hace pasar por la puerta—. Es algo muy lindo. Tu abuela y mi padre salieron juntos como si fueran mejores amigos. ¡No sabes qué ternura!

Jeannette solo gruñe.

—Sí, qué adorable —dice, y luego la puerta se cierra detrás de ellas. Yo me lanzo a mi silla y la hago rodar hasta volver a mi cuarto. Me cepillo los dientes en el lavamanos y me enjuago la boca con lo que queda en la botellita de Listerine. De hecho, estoy muy orgulloso de mí. Lo logré, estoy limpio. Hasta huelo a jabón fresco, como si fuera un bebé de dos años. Estoy listo.

Pero luego me quedo sentado ahí como por una eternidad porque no sé si se supone que debo ir al cuarto de Sylvie. Cada vez estoy más y más asustado. De pronto suena el teléfono y lo contesto.

—Hola, mi amor —dice mamá—. ¿Te estás llevando bien con la abuela?

Trago saliva con dificultad.

—Hola, suenas un poco mejor, mamá. Y… sí, la abuela se ha portado genial conmigo.

—Estoy segura de que sí. —Suena un poco escéptica—. Bueno, ¿pero qué vas a hacer esta noche?

Me pongo a pensar en todo lo que podría decirle pero, en realidad, no hay nada que de verdad *pueda* contarle, ¿verdad? Es decir, no hay nada que una madre necesite saber. Además, no dejo de pensar en que tal vez Sylvie trate de llamarme y en que, si no logra comunicarse, se enoje y se le ocurra cancelar todo. Por eso me cuesta trabajo conversar bien con mi mamá.

—Nada, nada, lo mismo de siempre, ya sabes.

—Ah, muy bien. ¿Y qué está haciendo la abuela?

—Lo mismo, nada. Está sentada por ahí viendo tele y jugando cartas. —De pronto me da un tic en un ojo, como siempre, siempre que le miento a mi mamá. «Conserva la calma», me digo. «Ella no puede verte, Richard. Vas bien».

Pero de pronto hay un silencio suficientemente prolongado para hacerme sospechar que sí puede ver cómo me tiembla el ojo gracias a algún sentido telepático maternal.

—Muy bien, Richard, ¿puedo hablar con tu abuela? Pásale el teléfono, ¿sí?

—Eh, no está aquí. Bajó para conseguirme un refresco de *root beer* y un poco de helado. Vamos a hacer flotantes. Decidí que voy a tratar de comer un poquito otra vez.

—Quizás eso la distraiga. Más me vale que así sea porque mi párpado está a punto de quedarse en espasmo permanente.

Hay otro silencio.

—¿En serio? ¿Estás comiendo más? Ay, mi amor, qué bueno.

Mi madre se escucha tan feliz que me siento el ser más deleznable sobre la tierra, pero entonces me doy cuenta de que es la verdad, así que continúo hablando.

—Ajá, me empezó a dar un poco de hambre, así que pensé, pues qué demonios, echemos a andar el motorcito de nuevo.

Eso suena tan infantil que ahora me siento como el ser más estúpido sobre la tierra.

—¿Hambre? ¿En verdad te dio hambre? Ay, Richie, eso es maravilloso.

Mamá está tan complacida que siento que va a llorar en cualquier instante. Tengo que hacer algo antes de caer de rodillas y confesarle todo.

—Oye, ma, le voy a decir a la abuela que te llame cuando regrese, ¿está bien?

—Sí, claro, te quiero, mi amor.

—Yo también te amo.

Voy a dejar el teléfono a su lugar, pero en ese momento se me resbala de la mano porque la tengo toda sudorosa. Cae de la cama hasta el piso, por lo que tengo que pescarlo jalando el cable. Qué bueno que los teléfonos de los hospitales no son inalámbricos porque si no, tendría que arrastrarme debajo de la cama sobre el vientre, como todo el reptil que soy. Dos segundos después de que coloco el teléfono en la base éste vuelve a timbrar. Me da miedo contestar, pero lo hago.

—¿Acaso me dejaron plantada? —dice Sylvie—. ¿Será que esa zorra de la prepa Hudson te llamó y te hizo una mejor oferta?

—No, no, no, es que…

Sylvie se ríe perversamente.

—Sólo rueda ese trasero hasta acá, Richard, ahora mismo.

Y así es como sucede. Hasta yo, Richard Casey, me convierto en hombre antes de cumplir dieciocho años. Pero desde este momento debo advertirles que no pienso contar los detalles. Bueno, me refiero a los detalles físicos. Porque esta no es una historia sobre una conquista ordinaria que hice en los vestidores de la escuela. Es una verdadera historia de *amor*.

Podría jurarlo por cada una de las estrellas del cielo y por todos los peces del río: fue el suceso más dulce de mi existencia.

Sólo les daré un resumen con los momentos más memorables. El cuarto de Sylvie está casi completamente oscuro, solo se percibe la luz de la luna que entra por la ventana. No sé cómo, pero ella consiguió dos velitas que deja encendidas sobre la mesa de su cama. En cuanto entro con mi silla de ruedas percibo el aroma de la dulzura. El aire y su piel destilan un olor a rosas y a madreselva. Después de entrar cierro la puerta y coloco mi silla de ruedas detrás de esta para evitar que alguien pueda abrir. Por primera vez no me cuesta trabajo caminar. Es como si mis pies tuvieran alas. (Sí, ya me di cuenta de que esta parte suena muy cursi, pero tendrán que soportarlo). Corro las cortinas alrededor de la cama hasta que ambos quedamos dentro de nuestra pequeña gruta. Luego me quito la ropa y me meto a la cama de Sylvie sin ningún problema.

Ella extiende los brazos y dice: «Ha llegado el héroe». Luego me atrae hacia ella. De pronto siento que varias partes de la sábana se sienten húmedas y frías, que algo se adhiere a mis brazos y a mis muslos. Ella se ríe y, de entre sus manos, suelta más de esos trocitos vibrantes sobre mi espalda.

—Son pétalos de rosa —me explica—. Los arranqué del arreglo que me envió un amigo. —Toma mi cara entre sus manos y me mira a los ojos—. Esta es nuestra alcoba nupcial, Richard. —Entonces me acerca más a ella y me besa.

Está desnuda, toda ella… Pero bueno, dije que no daría detalles y no lo haré. Pero en ese último instante, cuando palpito y me muero por entrar en ella, cuando la siento abierta y suave, me preocupo.

—No quiero lastimarte —le digo en un murmullo, y ella sacude la cabeza.

—Vamos, Richard —replica—. ¿Qué te preocupa? ¿Crees que deberíamos usar un condón para que no nos dé alguna terrible enfermedad?

Y eso me hace reír tanto que lo que le contagio es mi risa, lo cual hace que todo sea más sencillo. En cuanto me abraza con las piernas alrededor de la cadera y me jala hacia ella se me olvida la preocupación de lastimarla, se me olvida que estoy enfermo y se me olvida todo lo demás excepto el calor y la suavidad que siento cuando me rodea. Jadea un poco, más por la sorpresa que por el dolor, estoy seguro de ello. Enseguida su respiración entra en sincronía con la mía. Es como si fuéramos uno solo, una criatura sencilla y pura.

Más tarde abro un poco las cortinas para ver cómo parpadean las velitas y la luna sigue ascendiendo hasta que sobrepasa la ventana y se pierde de vista. Escucho el viento silbar allá afuera y, por primera vez, estoy más contento de estar en este hospital que fuera de él. Sylvie se acurruca, y se acuesta sobre el costado con la cabeza en mi pecho y una de sus piernas desparramada en mi muslo.

—Gracias, amigo —dice y luego se queda profundamente dormida. Yo sólo sigo aspirando el aroma del champú y del perfume que se ocultó entre su cabello. Me encanta esa sensación húmeda y pegajosa en el lugar donde su piel hace presión contra mi muslo. Simplemente me fascina. No pienso quedarme dormido de ninguna manera porque sé que tengo que salir de su cuarto antes de que regrese su papá. Es decir, creo que ahora soy responsable por ella, para siempre, me parece. Tengo que cuidarla de aquí en adelante pero me cuesta trabajo hacerlo: levantarme y salir de ahí. Sólo me dejo llevar.

Y sí, supongo que me quedo dormido porque cuando menos lo espero las cortinas están abiertas y sobre la cama se ve una enorme sombra. Además, huele mucho a whiskey. La luz de las velitas ya se extinguió pero por la puerta entra algo de luz.

Por la puerta *abierta* entra algo de luz, quiero decir. Me hundo bajo la sábana pero la sombra gruñe como oso herido. Pero entonces, no sé cómo o por qué, empieza a llorar. No es un llanto tímido, más bien se escucha que la sombra traga enormes bocados de dolor, furia y vayan ustedes a saber cuántas cosas más. Luego entra otra sombra al cuarto. Huele a Jack Daniel's pero tiene el cabello rojo y alborotado. Esta segunda sombra abraza al hombre, y de pronto escucho la voz de mi abuela.

—Ya, ya, shhhh. Vamos. Todo está bien, todo está bien.
Y cuando la sombra más grande cae de rodillas junto
a la cama, todavía gimiendo, la abuela se dirige a mí.

—Sal de aquí, Richard.

Ella se arrodilla también, y entonces los dos adultos
—sí, lo más perturbador es que son dos *adultos*—, se abra-
zan, se mecen y sollozan juntos.

Sylvie me habla al oído.

—Vete, Richard. Creo que ni siquiera te ha visto.

Eso hago. Es decir, salgo corriendo. Levanto los pants
del piso, tomo la camiseta, dejo caer mi trasero en la silla de
ruedas y comienzo a rodar. El corredor está vacío. Es tarde.
Llego a mi cuarto sin que nadie me vea. Luego me meto a
la cama y me quedo ahí temblando. En algún momento,
ya cuando en verdad es muy tarde, la abuela regresa y se
acurruca en el silloncito.

Me inclino sobre ella.

—¿Se encuentra bien?

La abuela medio suspira y con voz ronca dice en un
susurro:

—¿Que si se encuentra bien? No, no está bien. Pero
se quedó dormido; lo llevé a la sala de estar. Se quedó en
el sofá.

—No, él no me interesa, hablo de ella. ¿Sylvie está bien?

La abuela tose con flemas.

—Supongo que sí. No dijo nada, solo se hizo bolita y
fingió que dormía.

Odio la idea de que esté sola, pero supongo que está
bien. Tomo la cobija azul de estrellas y una de mis almohadas y se los doy a la abuela.

—Toma, abuela —le digo—. Ya duérmete. Y... eh...
gracias.

Ella se echa la cobija sobre los hombros.

—Debería ir al psiquiatra —murmura.

El cielo apenas se está iluminando cuando, de pronto, escucho voces de gente que pasa apresuradamente por el pasillo. Me levanto y ya lo sé, ya lo sé… Verán, en este pabellón para enfermos terminales, nadie corre ni trata de revivir a nadie más. No existe ninguna razón para apurarse. Nunca. No hay códigos de emergencia ni equipos de resucitación. Nada de eso. A menos —pienso, con el cerebro aún nublado y medio dormido— una persona que sea alguien realmente joven, que todavía tiene una oportunidad. Y solo hay dos personas jóvenes aquí. Pero no se trata de mí. Entonces sé que es Sylvie.

Me trato de bajar de la cama pero me doy cuenta de que tengo los pants pegados a los muslos. Me los bajo y lo que veo está a punto de matarme de un susto. No es solo algo pegajoso, es sangre. Los pants están prácticamente cristalizados por la sangre seca.

Ni siquiera sé cómo llegué a su cuarto, pero estoy ahí cuando los doctores llegan corriendo. La puerta está cerrada. Los doctores la abren y entran. Por un segundo alcanzo a ver que el lugar está lleno de gente. La cama está rodeada, ni siquiera logro verla.

Tiemblo. Me quedo recargado en la pared. Poco después sale la señora Jacobs, la enfermera de la cofia almidonada. Trae un montón de toallas llenas de sangre. Luce pálida, se ve casi gris. Me mira ahí parado y aprieta la mandíbula. Deja caer las toallas, me sujeta del brazo y me aleja del cuarto de Sylvie. Me jala tan fuerte que me duele.

—¿Qué pasó? —le pregunto. Ella ni siquiera se detiene pero me sacude del brazo.

—Tiene una hemorragia —dice—. Está sangrando, Richard. Muchísimo.

Siento que mis piernas pierden toda su fuerza. Ni siquiera la superenfermera puede evitar que me desplome. Caigo al suelo sentado; ella se flexiona frente a mí y me mira con furia. De repente levanta una mano y me da una fuerte bofetada.

—Muchachos estúpidos. ¡Estúpidos! —dice siseando—. Esa niña casi no tiene plaquetas, ¿entiendes? Su sangre no coagula. Podría desangrarse por una cortadita de papel. Muchacho estúpido. —La enfermera Jacobs se cubre el rostro con las manos y empieza a llorar como un bebé. Igual que yo.

Pero en este lugar no se puede llorar por más de un segundo porque, de inmediato, en el corredor se escucha el rugir de algo que parece un tren. Es su padre. Viene corriendo y dando traspiés. La enfermera se levanta de un salto y se pone frente a la puerta de Sylvie.

—No —le dice. Lo detiene poniendo las manos sobre su pecho y manteniéndolo a raya—. No entre.

Ustedes esperarían que el individuo la confrontara, que la empujara para apartarla del camino, quizá que la aventara como si fuera una mosca, pero, no sé, tal vez él ve algo en el rostro de esa enfermera que lo asusta tanto que lo hace detenerse. Vaya, al menos eso es lo que parece que sucede desde donde lo observo tirado en el suelo. Veo que baja los hombros y que sus brazos cuelgan a sus costados. Creo que también va a desplomarse y que nunca podrá volverse a levantar. Sin embargo, gira un poco, muy lentamente con las piernas flexionadas. Me ve sentado ahí. Y yo veo cómo cierra los puños.

El resto es sólo un sueño nebuloso. Por instinto me hago bolita y me cubro la cabeza, pero es como tratar de protegerme de un dragón. Porque eso es lo que percibo en cuanto me escupe y siento el fuego de su aliento: es un dragón. Sus ojos se ven rojos y humeantes; sus dedos son garras. Me jala de los brazos y, poco después, sus puños encuentran el camino a mi cara. Ni siquiera levanto un dedo para tratar de detenerlo. Sólo ruedo hasta quedar tirado de espalda; le facilito el trabajo, sea el que sea. Lo merezco. Merezco cualquier daño que pueda infligir en mí mientras los enfermeros y oficiales de seguridad llegan corriendo. Merezco cada uno de los puñetazos que me pueda dar ese hombre. También la patada que me da en las costillas. Lo merezco todo.

TERCERA PARTE

NOVIEMBRE 4 A 8

14

Floto por un largo rato. Y a veces también vuelo. Mi capa de noche estrellada se agita detrás de mí, y alrededor veo esas lucecitas diminutas que se mueven en la oscuridad. No sé dónde estoy pero sé que no tengo miedo. Hace calor. El viento es suave y se escucha un ruido leve. No sé qué es pero parece un tarareo constante y dulce. Percibo el aroma de las flores en las paredes de mi cuarto, ese mismo aroma a lilas que inunda el ambiente en mayo. En un par de ocasiones escucho mi nombre en medio del zumbido: Richie, Richie. Sé que alguien me llama pero estoy demasiado ocupado para contestar. Es decir, me muevo hacia adelante, hacia algún lugar. No sé a dónde pero sé que voy en camino. Caballeros, estamos frente a un despegue.

Cuando despierto veo a un fantasma sentado junto a mi cama. Su rostro es perfectamente blanco, y la luz que lo rodea es tan brillante que me lastima los ojos. El fantasma está hecho de luz. Es doloroso, agudo, blanco. Debería estar sorprendido, conmocionado, atemorizado, pero no lo estoy. Es precisamente lo que espero. Es decir, de cierta forma, aunque graciosa, es un honor estar hechizado, ¿no?

Entrecierro los ojos para ver a este espíritu más de cerca. En medio de toda la brillantez diviso dos ojos oscuros rodeados de rojo. Dos ojos sollozantes. Quiero decir que lo lamento, que en verdad lo siento mucho, pero antes de siquiera poder articular las palabras me quedo dormido otra vez.

La siguiente vez que despierto, el fantasma ya se transformó en mi madre. Lleva una máscara blanca sobre la nariz y la boca. También tiene una bata amarilla de algodón estéril sobre la ropa. Huele a lo que olían las sábanas recién descolgadas del tendedero, como antes. Eso tampoco me sorprende.

—Hola, ma. —Mi voz es tan ronca y grave que ni siquiera estoy seguro de que pueda escucharme. Su mano se entrelaza con la mía; la aprieto un poquito—. Lo siento —le digo. Entonces ella empieza a llorar con ganas.

—Ay, cariño, no es tu culpa. —Se desliza la máscara hasta la barbilla para sonarse la nariz y enjugarse las lágrimas. Luego se la vuelve a colocar en su lugar—. Bueno, no por completo.

Esa es mi madre, sin duda alguna. Ella jamás me perdona ni justifica. Nunca lo ha hecho y nunca lo hará. Ella sencillamente me ama. Aprieto su mano de nuevo—. ¿Y Sylvie? —pregunto.

Ella se inclina un poco y habla con fuerza y claridad, como si me hubiera quedado sordo.

—Richard, Sylvia se encuentra estable. Está inconsciente pero estable. Lograron detener la hemorragia. ¿Me escuchas?

Sí, la escucho. Trato de sonreír pero mi cara no se mueve. Levanto una mano, me toco y siento las vendas. Creo que parezco *La Momia*. Qué bueno, así nadie puede ver mi rostro. Qué bueno.

La tercera vez que despierto estoy asustado. Soñé a un dragón y todavía lo tengo en la cabeza.

—¿Y el padre de Sylvie? —alcanzo a mascullar.

Mi madre se vuelve a inclinar sobre mí y, con la misma voz extraña y deliberadamente clara, me dice:

—La gente de seguridad lo sacó ayer. Está vetado en el piso, ya no puede volver a entrar. No tengas miedo.

La cabeza me da vueltas.

—¿Ayer? ¿Qué día es hoy?

—Hoy es cinco de noviembre —contesta mi madre—. Dormiste un día completo, corazón. —Cada vez que habla se infla la máscara blanca que tiene sobre la cara: eso debe estar volviéndola loca. Me quedo pensando en todo lo que me dice.

—El padre de Sylvie regresará —le digo—. Ella lo va a querer ver, va a pedir que lo llamen cuando despierte. Es su padre después de todo.

—Tranquilo, mi amor. Tal vez lo vuelvan a dejar entrar mañana, pero sólo con escolta. Están decidiendo. No es tu problema. —Mamá me pasa la mano sobre la frente como solía hacerlo cuando tenía cabello. Me tranquiliza—. Además, hay un policía fuera de tu cuarto todo el tiempo.

Bueno, eso es suficientemente interesante para hacer que cualquiera se despierte más.

—¿Un policía? ¡Guau! —Quiero sentarme pero no puedo porque tengo las costillas envueltas y porque (en ese momento me doy cuenta) me duelen muchísimo. También tengo una aguja de administración intravenosa en el brazo. Qué interesante. Por lo general en este pabellón no hay agujas, tubos ni nada similar. Sacudo un poco el brazo—. ¿Y esto qué es?

Mamá me da unas palmaditas.

—Te lo pusieron solo mientras despertabas para que no te fueras a deshidratar, y para administrarte morfina adicional. Yo conseguí al policía; insistí en que lo trajeran. Ese hombre está demente. Tuve que insistir, eso es todo.

Entonces me vuelvo a recostar.

—La abuela debe estar fascinada con todo este drama.

El resoplido de mamá casi hace que su máscara salga disparada.

—Tu abuela también tiene prohibida la entrada, Richard. Ahora sólo descansa y deja de preocuparte, yo me encargo. No es tu problema, sólo tranquilízate.

Me quedo callado. ¿Qué más puedo decir? Llamaron a la caballería; los adultos están otra vez a cargo. Pero se equivocan, todos se equivocan porque esto *sí* me incumbe. Es un problema creado por Richard, un desastre personal. Y en medio de todo el huracán, está Sylvie. De quien todavía conservo un toque del aroma a rosas que dejó sobre mi piel. Estuve dentro de ella. Ahora me pertenece.

La siguiente vez que despierto estoy verdaderamente consciente. Sé en dónde estoy, qué día es —bueno, qué noche es—, y todo lo demás que debo saber. Siento que volví. Tengo la mente clara. Miro a mamá para decirle que quiero beber algo pero no está sentada ahí. En su lugar se encuentra Edward.

—Hola, hombre —le digo.

Él levanta la mirada. Sobre las mejillas tiene barba de un par de días, y sus ojos están enrojecidos.

—Ah, Richard, bienvenido a casa —me dice y luego se pasa una mano por los ojos—. ¿Cómo te sientes? —Se pone de pie, toma mi muñeca con su mano y me toma el pulso.

—Todo va bien —le digo.

—¡Ja! Para nada. *Nada* va bien. —Edward deja caer mi mano y escribe algo en el registro—. De hecho, eres el paciente más molesto que he tenido en la vida. —Su voz adquiere un tonito agudo. El hombre se cierne sobre mi cama y me mira directo a la cara—. También eres la persona más estúpida que he conocido. ¿Cómo es posible que no te dieras cuenta de que esa chica no estaba, de ninguna manera, en condiciones para… lo que hiciste?

Trato de mirarlo de frente, de hombre a hombre. También trato de no llorar, así que mi actitud «de hombre a hombre» no resulta muy efectiva.

—No lo sabía, lo juro. Ella estaba entusiasmada, quería hacerlo, en serio. Incluso me lo *pidió*. Fue su idea. Escucha, ¿cómo podía yo saberlo? Lo siento, en verdad, lo siento muchísimo. —La voz se me quiebra y empiezo a llorar como loco. Mojo las vendas que cubren mi rostro—. La amo, jamás la lastimaría. La amo.

El rostro de Edward se descompone. Toma un pañuelo y me enjuga las lágrimas.

—Ay, Richard, lo lamento. Mírame nada más, gritándole a un paciente. Me estoy volviendo completamente loco. —Arroja el pañuelo al cesto de la basura. Luego retrocede y se sienta en la silla—. Escucha, todo este lugar enloqueció. Jamás había visto algo así. Lo que quiero decir es que… vaya, hay hasta un policía uniformado fuera de tu cuarto. Un policía, por favor, en un pabellón para enfermos terminales. Toda la gente del piso se ha vuelto loca. Hay abogados dando vueltas por ahí, cargos, amenazas de demandas y contrademandas. Por Dios: hasta *tu abuela* dio algunos buenos golpes.

Lo que dice detiene mis sollozos de inmediato.

—¿Mi abuela?

Edward ríe temblorosamente.

—Oh, sí, la abuelita. Se le fue encima al papá de Sylvie gritando como una *banshee*. También recibió algunos puñetazos. Pero ya, en serio, creo que todos somos responsables. Yo, porque debo admitir que estaba fascinado con el romance. Con todo el asunto de los pajaritos y su canto amoroso. Me pareció muy lindo que tú y Sylvie actuaran como… bueno, como los típicos adolescentes insoportables. Aquí no se ve mucho de eso. Pero no es justificación. Somos adultos, somos enfermeros, debimos ser más sensatos. Supongo que solo creímos que el entusiasmo de ustedes era inofensivo.

Me siento derecho. Logro hacerlo a pesar de que me duelen mucho las costillas.

—De acuerdo. Entonces, ustedes pensaron: «Qué diablos, estos muchachos están demasiado débiles y enfermos para hacer cualquier cosa». Todos dijeron: «Ese Richie está tan enclenque que nunca va a lograr ni que se le pare. Ay, ¿y acaso no es lindo verlos comportarse así? Claro, seamos amables con los niños moribundos, vamos a alentarlos. Llevémoslos a Disneylandia como si fuéramos una de esas fundaciones que cumplen últimos deseos». Qué idiotas, qué tremendo grupo de imbéciles son ustedes. —La voz se me quiebra pero no me detengo—. Me sorprende que ahora no digan: «Bueno, qué importa, de cualquier manera Sylvia se está muriendo. ¿Qué importa si se va unos días antes o unos días después?». Pero *Sylvia* no piensa lo mismo. Ella quiere vivir al máximo cada segundo de lo que le queda de vida. Cree que va a mejorar. Quiere seguir respirando. Es más fuerte que cualquiera de nosotros. Ella es como… no sé, es cualquier cosa menos «solo una niñita linda». Sylvie es una *fiera*. —No puedo respirar, no puedo inhalar una vez más.

Edward se levanta y oprime la tabla de registros contra su pecho.

—Tienes razón, esa muchacha es una fiera. En este preciso momento está luchando para vivir. Se encuentra inconsciente y apenas si puede respirar pero, ¿sabes? En cuanto uno entra a su cuarto puede sentirla. Es como si alrededor de su cama hubiera un campo de fuerza. Tienes toda la razón. Esa chica es algo especial. —Edward sonríe ligeramente—. ¿Y sabes qué, mi amigo? Para ser la primera vez que hiciste el amor, te puedo asegurar que encontraste una joya. Una reina digna de un rey. Usted manténgase firme, mi señor. Voy a quitarle esa estúpida intravenosa y le voy a traer una Coca Cola, ¿está bien?

De pronto siento que toda la furia me abandona. Una joya, Edward tiene toda la razón, conseguí una joya. Me recuesto.

—De acuerdo, muchas gracias. ¿Sabes dónde está mi mamá? —Edward señala el corredor.

—Por fin la convencimos de que tomara una siesta en la sala de estar. ¿Sabes algo? Ella también es una fiera. Una leona. ¿Y tu abuela? ¡Guau, qué señora! Tú sí que tienes varias mujeres interesantes en tu vida, ¿eh?

En cuanto Edward sale, el policía se asoma al cuarto. O sea, ¿no se los dije? En este lugar no se pueden tener ni dos minutos de privacidad. El tipo tiene la cara redonda. Se ve regordete con ese uniforme azul y la lonjita que se le desparrama por encima del cinturón.

—Hola, Richard —me dice amablemente—. Escuché que te habías despertado y pensé que era buen momento para presentarme. Soy el oficial Glen Jeffers, a tu servicio. —Me hace un saludito oficial muy gracioso.

—Ah, hola —digo—, gracias. A mi madre le tranquiliza que usted esté aquí.

El policía ondea la mano.

—Es una misión sencilla. El lugar es interesante —dice al tiempo que señala el corredor—. Jamás había estado en un pabellón médico de este tipo. Por lo general nos asignan a la unidad de seguridad que está arriba. Ya sabes, en donde tenemos que cuidar a los tipos malos que están enfermos.

—¿En serio? No sabía que en este hospital había un pabellón de ese tipo.

—Ah, sí. Es una unidad médica penitenciaria. Solo hay cuatro habitaciones pero de todas formas nos necesitan. Algunos de esos tipos malos incluso están esposados a la cama. Son tipos en verdad muy viles. La mitad de ellos está a mil por hora. Están acelerados y solo esperan que les den drogas. Pero a veces algunos sí están realmente enfermos, pero de todas maneras los esposamos. Es algo muy peculiar. Este piso es más agradable, más tranquilo. Además me gusta la música de arpa.

—¿Sí le gusta? A mí me parece espeluznante.

El policía pone cara de sorpresa.

—¿En serio? Yo creo que es agradable y que relaja. Este lugar es mejor. ¿Sabías que estuvieron a punto de enviarte a la unidad de los tipos malos cuando… bueno, cuando te lastimaron? Por tu propia seguridad, claro.

Cuando lo pienso, me parece que habría sido muy *cool* abrir los ojos junto a un criminal realmente insensible. Y platicar sobre nuestros terribles crímenes.

—¿En serio?

—Ah, sí, claro; pero tu mamá se negó rotundamente. Es una gran señora tu madre. —Al policía se le ilumina el rostro—. La conocí cuando estudié la preparatoria, pero no la había visto en bastante tiempo. Ah, disculpa, Christine.

El policía da un paso hacia atrás y, por la puerta de mi cuarto aparece mi madre bostezando detrás de su máscara. Ni siquiera voltea a ver al oficial, pero yo noto, aunque sea por un instante, la forma en que él la mira a ella. Es un poco como yo contemplo a Sylvie. Qué interesante, ¿no creen?

Parece que está sucediendo de todo un poco. O sea, todo el lugar está vuelto un caos. Lamento mucho que Sylvie esté dormida y se pierda todo esto. Aunque tal vez no esté dormida por completo. Tal vez puede escuchar, y dentro de esa cabeza peludita y linda se está riendo como loca porque sabe que ella fue quien comenzó todo.

15

A la mañana siguiente vienen dos doctores a revisarme. Retiran las vendas que tengo alrededor de la cara y chasquean la lengua en cuanto me ven. Levanto un par de dedos para tocarme y entonces siento el daño. Debajo del ojo tengo una línea de puntadas y mi nariz parece una enorme pelota de *softball*. Pero hinchada. Estoy sentado y las piernas me cuelgan a un lado de la cama. Me doy cuenta de que también perdí el suelo porque mis piernas se sienten como fideos aguados. Por si fuera poco, todo está borroso, y al lado izquierdo sólo veo un agujero oscuro. De hecho es como un agujero negro de los del espacio, en el que no hay nada, aunque a veces alcanzo a distinguir que pasa una serie de luces verdes. No les menciono nada a los médicos porque me parece inútil. De todas formas, ¿qué van a hacer? Y además, es hasta un poco agradable tener mi propio juego de luces. Lo que sí notan es que no escucho mucho con el oído izquierdo. Bueno, solo una especie de zumbido constante que, ocasionalmente, se convierte en un chillido con mayor volumen. Me da la impresión de que los sonidos burbujean en la tonalidad de la locura, creo. Son como la banda sonora del agujero negro espacial.

—Vaya, qué agradable —digo—. Es como un viaje de ácido. Me late un buen. —Entonces hago la señal de paz con la mano.

Uno de los médicos sonríe. Supongo que lo hace porque ya es grande y entiende la referencia de inmediato. El otro, un asiático bajito, sólo sacude la cabeza.

—Richard, tu tímpano del lado izquierdo sufrió una ruptura —me explica—. Sin mencionar que tienes fracturada una costilla. No creo que eso sea muy agradable.

—¡Vaya! —Pongo la mano en forma de tacita sobre mi oreja. Debo admitir que sí me saco bastante de onda cuando veo que, efectivamente, tengo el tímpano reventado. Pero, bueno, ¿y qué? Le sonrío al médico bajito—. Oye, hombre, puedo escuchar el océano.

El doctor de mayor edad ríe y me da unas palmaditas en el hombro.

—Te vamos a quitar las vendas ahora. Tu cara estará mejor después. Ah, y en unos momentos vendrá un detective de la policía para preguntarte si quieres levantar cargos —me explica—. Pero todo depende de ti. ¿Estás preparado? ¿Puedes hablar sobre lo que sucedió?

La pregunta me sorprende. Sacudo la cabeza y trato de que desaparezcan los ruiditos raros que escucho y el juego de luces.

—No manches, qué buena onda. ¿Un detective quiere hablar conmigo? ¿Me lo jura?

—No manches, así es muchacho. Pero si no te sientes suficientemente bien, les diremos que te dejen en paz y que vuelvan mañana. ¿Qué piensas?

Pienso que necesito tiempo para pensar. O sea, para pensar en serio. Todo esto es demasiado para asimilarse de golpe, en particular, teniendo solo un oído bueno y medio ojo. Pero los doctores me están esperando y, como he pasado toda la vida en hospitales, sé bien que uno nunca debe hacer esperar a un médico. Ellos siempre tienen prisa y uno sólo puede consultarlos o hablar con ellos de volada. ¿Esperar hasta mañana? ¿En este pabellón? ¿No creen que eso sería correr un riesgo? Porque, lo que más nos hace falta por aquí es precisamente eso: el mañana. ¿No?

—Está bien —les digo—. Hablaré con el detective, pero me gustaría vestirme y sentarme en una silla. No quiero lidiar con este asunto en un estúpido camisón —explico y señalo la prenda ofensiva de la que hablo: esta tiene florecitas rosas por todos lados. Demonios, ¿de dónde sacan estas porquerías? Seguramente lo trajeron del pabellón de maternidad.

El doctor asiente.

—Muy buena decisión, hijo. Si yo fuera tú, atendería este asunto de inmediato. Le diremos al detective que te dé media hora, ¿de acuerdo? Y también le pediremos a tu mamá que te ayude a vestirte.

Le pongo mi carota al doctor.

—Por favor, doc, ¿cómo a mi mamá? Por favor envíe a Edward, ¿está bien? O a la enfermera de la cofia almidonada, la señora Jacobs. Puedo arreglarme con ella.

La señora Jacobs hace su trabajo con rapidez y eficiencia. Y además me regaña todo el tiempo, así que no abro el pico. Pero luego, cuando termina de parlotear, arreglarme y todo lo demás, me acaricia maternalmente, se inclina y me da un besito en la cabeza.

—Eres un verdadero dolor de cabeza, Richard —dice y luego sale del cuarto, derechita, derechita como flecha.

En fin, el caso es que para cuando entran los detectives —sí, son dos, no uno; así de importante me he vuelto— ya estoy aseado, con una camiseta y pants, y con los dientes cepillados. Estoy sentado en mi silla y siento que lo que queda de mí es apenas un octavo de ser humano. El detective principal en realidad es una mujer. Alta, canosa y de ojos azules. No trae uniforme, solo una falda recta y suéter rojo de cuello de tortuga. Su compañero es un hombre más joven que ella. Viste pantalones color *beige* y saco *sport*. Me alegra mucho haberme vestido. Uno no puede conducirse con dignidad cuando está enfundado en un camisón de florecitas. Detrás de ellos viene mi mamá. Me doy cuenta de que ella también se arregló un poquito. Trae puesto lo que generalmente usa para trabajar: falda, blusa y suéter. Ah, y su cubrebocas blanca. Ya no trae ni la bata amarilla ni los guantes. Creo que, en lo que se refiere a la vestimenta, ella también está imponiendo sus propias reglas. Debo admitir que me parece admirable.

Mamá se sienta al borde de la cama y los detectives en dos sillas de plástico. La mujer alta me dice que es la detective Richter. El nombre del otro individuo es detective Johnson.

—Hola —les digo— Yo soy el detective Casey… bueno, *ok*, no.

Mamá respira hondo.

—Richard, por favor atiende esto con seriedad.

La detective Richter sonríe.

—De acuerdo, Richard, tenemos algunas preguntas que hacerte. ¿Nos podrías decir qué sucedió la noche del tres de noviembre?

Cierro los ojos por un minuto. A la izquierda veo pasar una serie de lucecitas verdes. «La noche del tres de noviembre fue la noche más fulgurante y gloriosa de mi vida», me gustaría contestarle. Pero no puedo hablar respecto a eso. Ni siquiera puedo, cómo explicarlo… ni siquiera puedo mancillar el suceso con palabras. Por eso sólo digo:

—No recuerdo.

La detective arquea la ceja.

—¿Qué es lo que no recuerdas?

Me parece que es una pregunta capciosa. Qué detective tan inteligente.

—No recuerdo nada. Es decir, claro que sé que esa tarde comí una deliciosa gelatina pero después de eso, cero. *Nothing.*

—¿No recuerdas que tomaste una ducha? —me pregunta y tamborilea sobre su libretita con la pluma.

Trato de abrir los ojos lo más posible.

—¿Tomé una ducha? ¿En serio? Déjeme pensar. —Presiono mi frente con los dedos: pienso, pienso—. Mmm, no, lo siento.

Mi madre interrumpe.

—Richie, ¿no recuerdas que hablamos por teléfono? Me dijiste que tú y tu abuela iban a hacer flotantes de *root beer.* Vamos, mi amor, trata de recordar.

Sacudo la cabeza.

—No, ma, lo siento. Olvidé todo. Sólo recuerdo que desperté en mi cuarto y tú estabas conmigo. Tenías ese cubrebocas, sí. Eso es todo. —Mi ojo empieza a temblar un poquito por el tic y eso hace que las lucecitas verdes salten.

Luego interviene el detective Johnson. Sonríe aduladoramente y me tira buenísima onda, como si fuéramos mejores amigos.

—Oye, cuate, ¿no recuerdas haber estado *con Sylvia* esa noche? ¿No recuerdas nada de eso?

Por un instante me dan ganas de darle un puñetazo al tipo por ese malintencionado «con Sylvia» y, de hecho, incluso llego a cerrar los puños. Pero luego lo miro directamente a los ojos y le digo:

—Oye, *cuate*, si recordara algo como eso, ¿tú crees que sería tan cabrón para andarlo contando?

La detective Richter fulmina al tipo con la mirada y luego, a mí.

—Richard, ¿nos estás diciendo que no recuerdas en absoluto que fuiste atacado y golpeado en el corredor?

De pronto todo vuelve por un instante. El calor y el olor del dragón, sus ojos rojos, lo mucho que me merecía la golpiza.

—Exacto, no recuerdo nada —le contesto—. Por lo que sé, un traumatismo craneal puede provocar amnesia. —Entonces me inclino hacia el frente sobre mi silla y, muy lentamente, palabra por palabra, lo repito—: No-recuerdo-ningún-ataque. Y-jamás-lo-recordaré.

La detective Richter se pone de pie. En su rostro alcanzo a distinguir una sonrisa tenue y triste.

—Muy bien, de acuerdo. Ya entendí. Pero, ¿sabes? Hay testigos: una enfermera, personal de seguridad, y un montón de gente más que vio a un hombre, a un adulto sano y corpulento, golpear a un muchacho. A un muchachito enfermo. ¿No crees que eso sea algo terrible? ¿No crees que un hombre, ese adulto en cuestión, debería responder por ese acto, que debería asumir su responsabilidad?

Me enderezo en la silla.

—Detective, creo que si todos tuviéramos que asumir la responsabilidad de todas las estupideces que hemos cometido, habría un montonal de gente que se estaría yendo ya directamente al infierno. Como en Monopoly: pierdes un turno, avanzas una casilla, no recibirás dinero de inicio, fórmate en línea, elige una pareja, tómense de las manos… —Le sostengo la mirada hasta que sus ojos azules se concentran en el piso. Me mantengo erguido hasta que ambos detectives salen de mi cuarto, pero en cuanto mi mamá coloca su mano sobre mi hombro me desmorono. Me doblo en dos mientras me abrazo a mí mismo, cubriendo mis adoloridas costillas.

Ella también me cubre con sus brazos y permanece conmigo. Apoya su cabeza sobre la mía y dice:

—¿Sabes qué, mi amor? El papá de Sylvie quería acusarte de violación, ¡de estupro! ¿Estás seguro de que no quieres levantar cargos en su contra? ¿Estás seguro de que no recuerdas nada?

Lo que mi madre dice me hace reír bastante. ¡Violación! De pronto recuerdo los pétalos de rosa de Sylvie y su desnudez. Me vuelvo a sentar derecho.

—¡Oh, sí! ¡Ese soy yo! El salvaje Casey, una amenaza para todas las mujeres del pabellón. Señora Elkins, ¡cuidado que aquí voy! Señora en coma, ¡cierre su puerta! Mierda, creo que lo mejor sería que me encarcelaran ahora mismo, que me encerraran en una celda y tiraran la llave al mar.

Mi madre se pone de pie.

—No te hagas el gracioso, Richard. Por suerte solamente tienes diecisiete años. Si tuvieras dieciocho, el tipo sí podría acusarte de estupro. Piénsalo: una semana más y habrías tenido la mayoría de edad. Esto no es un juego.

Después de su discurso ambos nos quedamos callados. Tal vez los dos estamos pensando en esa semana. Aquí, en un pabellón para enfermos terminales, una semana es muchísimo tiempo. Y lo peor es que yo perdí un día dejándome noquear. Piénsenlo, es normal que esté molesto. Creo que eso es lo que sí me hace enojar en serio. O sea, el tímpano reventado y la visión hecha mierda, ¿eso a quién le importa? Pero, ¿todo un día perdido? ¿Todo un día que se desvaneció de mi vida? Eso sí que es una tragedia.

Duermo toda la tarde y, a eso de las cuatro, escucho gol-pecitos en mi puerta. Abro los ojos y veo a mamá profun-damente dormida en una silla que jaló hasta la esquina de la habitación. Está cubierta con una cobija blanca hasta la cabeza y no deja de roncar. En realidad no alcanzo a ver quién toca porque todo está borroso, pero en cuanto es-cucho su voz sé que se trata de Kelly-Marie.

—Hola, Richie —dice en un susurro—. ¿Puedo entrar?

Con la mano le indico que pase y luego me pongo un dedo sobre la boca y señalo a mamá.

—Hola —susurro—, tenemos que hablar bajito por-que mi mamá está dormida.

Ella se queda parada y, mientras me contempla, se cu-bre la boca con una mano.

—Ay, Dios mío, ¿qué te pasó?

Debo admitir que yo también la contemplo a ella. Sus ojos son un desastre de maquillaje negro y está totalmen-te pelona. Se rapó. Además trae un dibujo o algo así en la cabeza. No es un tatuaje de verdad sino algo como un di-bujo hecho con marcador o un plumón, todo negro. Vaya, comparado con ella yo soy un paradigma de belleza.

—Shhh —murmuro—. Ven acá. —Doblo mis pier-nas y le señalo el pie de la cama.

Ella sube y se sienta con las piernas cruzadas al estilo indio y se recarga en el barandal. Hoy trae unos pantalones de mezclilla comunes y corrientes, y un suéter de color verde fosforescente con un escote muy, muy pronuncia-do. Parece duende calvo con tetas.

Sé que no debería interesarme en ese tremendo esco-te porque, o sea, estoy enamorado de Sylvie, ¿no? En ver-dad lo estoy, pero debo decir que toda esa piel se desborda a los pies de mi cama y la vista es espectacular. ¿Quién podría negarse a ver? No conozco a ningún tipo que se abstendría, a ninguno.

—¿Qué pasó? —pregunta en un susurro.

Sé que me convertiría en un héroe para ella si tan solo le dijera que me golpearon y le explicara cómo fue. Quién lo hizo y por qué. Particularmente por qué. Vaya, imaginen lo *cool* que sería la historia con todo ese sexo y violencia. El combo perfecto. También pienso que después de escuchar mi narración se arrastraría hasta donde estoy para consolarme. Me tomaría entre sus brazos y me dejaría apoyar tiernamente mi cabeza en su pecho. En su pleno, suave y floreciente pecho. Ojalá…

Pero no. De repente pienso también en los diminutos senos de Sylvie en las palmas de mis manos. Son como pajaritos en su nido. Pienso en lo que les dije a los detectives sobre mi amnesia y me parece que, cuando uno inventa una historia, tiene que apegarse a ella. No es posible retractarse. Por eso simplemente respiro hondo y le digo:

—Nada emocionante. Creo que me caí en la ducha o algo así, según me dijeron. No recuerdo nada. No es importante. Pero, ¿y tú? ¿Qué te hiciste en la cabeza?

Kelly-Marie ríe nerviosamente y se pasa la mano por el cráneo.

—Me rapé. No sé, creo que cuando vi a tu novia, ¿cómo se llama? ¿Sylvia? Bueno, en fin, creo que me pareció tan elegante y refinada que pensé: vaya, tal vez su estilo me vaya bien. Y me rapé. ¿Qué te parece?

Creo que el hecho de que una chica sana se rape la cabeza para parecerse a una enferma es una de las cosas más estúpidas que he visto. O sea, es una imbecilidad a varios niveles. De pronto comienzo a estar de acuerdo con la opinión que se hizo Sylvie de Kelly-Marie: esta muchacha no es precisamente Einstein. Pero la verdad es que no quiero ser grosero. No quiero echar a perder mi karma precisamente ahora. Sería mala idea, ¿no? Por eso le sonrío.

—Qué linda te ves. ¿Y de qué es el dibujo?

Ella inclina la cabeza para que yo pueda admirarlo bien, pero todo lo veo borroso y no sé ni qué es. Vuelve a reírse con nerviosismo.

—Son como unas alas, ¿ya viste? Son alas de murciélago.

—Ah, sí, claro. —Alas de murciélago. En su cabeza. Sí, creo que empiezo a dudar de que haya algún tipo de coeficiente intelectual ahí dentro—. Se ven geniales.

Kelly-Marie se agacha aún más, y solo eso vale más que cualquier verdad a medias que yo le pueda decir.

Te traje algo —me dice y mete las manos a sus bolsillos. Lo anterior, debo decir, produce otro panorama verdaderamente esplendoroso. Luego saca un puñado de paletas Tootsie Pop.

Y, les juro que eso es justo lo que estamos haciendo cuando mi mamá sale de su capullo y se nos queda viendo. Los dos estamos en mi cama chupando unas paletas con toda el alma. Y bueno, si además tengo una discreta erección porque no puedo dejar de ver cómo se sacuden las tetas de Kelly-Marie mientras chupa su paleta, ¿pues qué diablos? No le estoy haciendo mal a nadie.

Pero mamá se nos queda viendo por un largo rato.

—Oigan, muchachos, voy a dar un pequeño paseo. —Y se dispone a hacer su elegante salida. Es muy dulce de su parte darnos un poco de privacidad.

Kelly-Marie se acaba la paleta. Como es morada le deja los labios de color azul. Se pasa la mano por la boca para limpiarse.

—Y, ¿dónde está tu novia? —me pregunta inocentemente.

No sé qué decirle, pero de pronto se me ocurre que puedo aprovechar su presencia porque cada vez que pregunto sobre Sylvie solo me dicen que se encuentra «estable», y me gustaría verla pero estoy seguro de que yo no podría hacer rodar mi silla de ruedas solo hasta allá.

—Está en la habitación 302. ¿Por qué no te das una vuelta por allá y ves si quiere venir con nosotros? Podemos invitarle una paleta.

A pesar de que tuerce un poco la boca, se baja de la cama.

—Está bien. ¿Dónde está la habitación 302?

No podemos estar seguros de que esta chica logre descifrar el esquema numérico de las habitaciones, ¿verdad?

—Del otro lado del corredor, como yendo de vuelta al elevador. Es el último de la izquierda. Es de color rosa, no hay forma de perderse.

Ella sale y yo espero. Regresa unos minutos después pero está como pasmada. O sea, hasta yo mismo me doy cuenta de toda la solemnidad en su rostro. No vuelve a sentarse en la cama, solo se queda ahí parada.

Mi corazón comienza a palpitar con fuerza.

—¿Qué? ¿Qué pasa?

Ella me mira.

—Nada —dice—. Supongo que solo está dormida en su cama. En silencio. Pero… hay una mujer ahí con ella. ¿Su mamá, supongo? La señora está sentada en una silla y está llorando. Llora como, como… muchísimo, y así. Como nunca había visto llorar a nadie.

De pronto siento que la Tootsie me regresa por la garganta. Volteo y miro a la ventana. No veo a Kelly-Marie cuando se va, pero seguramente eso es lo que hace porque cuando al fin reúno la fuerza suficiente para mirar ella ya no está ahí.

16

Ya oscureció. Mi madre está de pie en el cuarto. Mira los dibujos de Phil, los que colgué, y no deja de chasquear la lengua. Dice que el de la mujer en coma le parece que está bien, excepto por las innecesarias palabras en los dientes de la luna y por esos espeluznantes angelitos-demonios que vuelan por todos lados. Dice que ese es bonito porque muestra todo desde la perspectiva de la mujer. También le encanta el de los tipos que quieren ser jóvenes por siempre. Pero el de los mensajes pornográficos en la sala de estar familiar no le agrada en absoluto.

—Qué idiota e inmaduro —murmura.

Como estoy seguro de que se refiere a Phil, y no a mí, no le digo nada.

Luego voltea. Por encima de la máscara puedo ver sus ojos rodeados de enormes ojeras, exhaustos, más allá de lo posible. Excepto por los dos círculos rojos en sus mejillas, su piel se ve gris. Una vez leí en un libro viejo algo sobre esas manchas rojas. Son producto de lo que llaman «fiebre héctica»: ese tipo de fiebre que le da a la gente que tiene tuberculosis y otras enfermedades que lo van consumiendo a uno. Y creo que eso es justamente lo que le pasa a mamá: está a punto de ser consumida por la fiebre de este hogar, de nuestro pabelloncito para enfermos terminales. Porque, o sea, a todo este sitio lo invade ahora una fiebre que consume, una fiebre de locura.

—¿Por qué no te vas a la casa, mamá? —le pregunto—. Duerme en tu cama hoy; descansa. Yo estaré bien, ya hasta tengo un oficial que me haga compañía.

Ella se sienta al borde de la cama y sacude la cabeza.

—Después de las siete de la noche, ya no. No te dije pero a esa hora habrá una reunión en la sala de estar. Vienen un par de abogados, los padres de Sylvia, el supervisor de enfermeros, el administrador del hospital, yo y otras personas. Se supone que tenemos que llegar a un acuerdo civilizado. Claro: dadas las «circunstancias extraordinarias» (estoy citando de la carta que me entregaron) de dos familias que tienen a sus hijos en un pabellón donde el estrés al que estamos sometidos «es inmenso», necesitamos llegar a un «acuerdo humano y equitativo que satisfaga a todos los involucrados».

Mamá me acaricia la mano y continúa hablando.

—Y en serio creo que tenemos que llegar a un acuerdo porque todos estamos metidos en esto. Dios se apiade de nosotros.

Retiro la mano. Me parece que es una mierda que me oculten tantas cosas. Evidentemente, todo esto es parte de una conspiración de los adultos en mi contra. Hablan sobre mí y hacen planes a mis espaldas, y luego me informan como si no pasara nada importante. Es muy molesto y frustrante. Estoy a punto de vomitar.

—Ajá, sí, claro, *tooo odos* estamos metidos en esto. Por supuesto, aunque permíteme señalar que se olvidaron de mí —le digo al tiempo que me señalo. Sé que estoy hablando muy fuerte—. Soy protagonista, así que no me pueden dejar fuera. Me parece increíble que piensen que pueden hacer esta reunión sin mí. ¿En qué diablos están pensando?

Mi madre exhala con tanta fuerza que su máscara parece la vela de un barco. Luego me da la impresión de que inhala con fuerza y vuelve a exhalar. Está tan concentrada que ni siquiera me grita por ser tan sarcástico.

—No lo sé, Richard. Es decir, ¿realmente quieres ver al padre de Sylvia? ¿Vas a sentirte cómodo estando en el mismo lugar en que esté ese hombre?

Me encojo de hombros.

—Yo no tengo nada contra él. Como ya les dije a los detectives, por lo que recuerdo, me caí en la ducha. Me parece que quienquiera que haya organizado esto tiene toda la razón: en estas circunstancias extraordinarias todo mundo tiene que alinearse y hacer lo correcto. Por eso quiero estar ahí. Yo soy el hombre de esta familia y tengo que estar presente.

Lo que en realidad estoy pensando, de una manera bastante confusa, es que debe haber alguna manera en que pueda ver a Sylvie. Tenemos que planearlo de tal forma que yo pueda ir hasta su habitación en mi silla, inclinarme sobre su cama y hablar con ella. En voz baja, en privado, susurrándole al oído. Cuanto antes mejor. Porque, verán, estoy seguro de que puede oír, y si llega a escucharme va a despertar. El amor hace milagros, ¿no? Uno se entera de ellos todo el tiempo. Oprah está convencida. Yo también. Casi. Bueno, en sesenta por ciento, digamos.

Las siguientes horas las paso tratando de hacerme el fuerte para enfrentar al dragón. Atándome los machos, como solían decir en la antigüedad. Atándome los minúsculos y enclenques machos…

La sala de estar familiar está tan polvorienta y triste como siempre, pero hay más gente de la que jamás había visto allí. Nos acomodamos en una especie de cuadrado. Varios están en el sillón, y otros, en unas sillas plegables que trajeron para esta ocasión. Yo estoy en mi silla de ruedas. La televisión la empujaron hasta un rincón para que las familias puedan verse frente a frente. Muy bien: todos contra las cuerdas. Mi mamá, yo y un abogado al que no conozco estamos alineados de un lado. Al otro, al borde del sofá, están la mamá y el papá de Sylvie. En medio de las familias, haciendo el papel de árbitros, se encuentran sentados la señora Jacobs y un tipo de traje. La señora Jacobs me sonríe con la sonrisa más diminuta que he visto.

El padre de Sylvia está agachado, por lo que no puedo ver su cara. Me gustaría que me mirara para que pudiera ver las puntadas y los moretones. Tal vez se sentiría mejor si supiera que alcanzó a darme varios golpes fuertes antes de que lo separaran de mí. Es una lástima que no pueda mostrarle las lucecitas verdes ni hacerle escuchar el zumbido que me quedó en el oído. Creo que le agradaría mucho darse cuenta de que me provocó ese daño interno. Un daño invisible pero suficientemente molesto como para hacerme enloquecer.

El primero en hablar es el tipo del traje.

—Gracias a todos por venir. En mi oficina bautizamos a esta como la reunión Hatfield-McCoy. Es una pequeña broma. —El idiota ríe nerviosamente y como nadie más le sigue la corriente, tose y sigue hablando—. Tenía la idea, sin embargo, de que a ambas familias las representarían sus abogados. —Voltea a ver a los padres de Sylvie—. ¿Señor y señora Calderone? ¿Trajeron a su abogado?

El papá de Sylvie levanta la cabeza pero no me mira. Habla en voz baja, con perfecta cortesía y control.

—Yo soy abogado, señor Ellis. Estoy a cargo.

El abogado que está de nuestro lado es un tipito que, al parecer, mi mamá encontró en internet. Parece que se graduó hace como cinco minutos de la facultad de derecho y, evidentemente, no puede pagarse un traje decente. Enfundado en sus pantalones azules brillantes, comienza a balbucear y, de repente, ya todos están hablando al mismo tiempo. Yo me recargo en la silla y trato de mantenerme enfocado pero me resulta imposible. Me doy cuenta de que no puedo seguir la conversación porque el zumbido en mi cabeza es demasiado fuerte y las lucecitas ya empezaron a flotar frente a mis dos ojos. Miro al centro y todo es verde, todo salta. Hay unos banderines de luz que se mueven alocadamente y me marean. Me doy cuenta de que todos discuten, preguntan y responden; todos hablan en un tono amistoso, calmado y amable. Alcanzo a escuchar un tercio de todo lo que pasa, pero eso no es lo que importa porque la voz de la gente puede mentir. Por eso me enfoco en el hombre-dragón y me esfuerzo mucho en escuchar. Y casi después de que todo mundo se calla, alcanzo a oírlo sólo a él.

—Muy bien, este es el asunto. Yo ya le ofrecí mis más sinceras disculpas a la familia Casey. La señora Casey las aceptó y, a su vez, se disculpó con mi familia en nombre de su hijo. Hemos llegado a la conclusión de que, debido al tipo de estrés al que estamos sometidos, es muy fácil que las emociones se desboquen. Por eso todos nos hemos comprometido a trabajar con ahínco para controlarnos sin importar nuestro estado emocional. Y lo más importante es que hemos llegado a una solución amistosa. Nuestra familia permanecerá en el lado del corredor que nos corresponde y su familia, señora Casey, permanecerá en su lado. La sala de estar es un territorio neutral; sin embargo, tendremos cuidado de no hacer uso de ella al mismo tiempo. Muchas gracias a todos.

La gente empieza a ponerse de pie y a caminar, como con la intención de estrechar manos, pero nadie está seguro de que eso sea lo más adecuado.

Yo no dejo de mirar al papá de Sylvie. Es como si de pronto, en medio de todo este alboroto civilizado, los únicos que estuviéramos en la sala fuéramos él y yo. Todos los demás se desvanecen hasta convertirse en pequeñas sombras grises que mueven la boca pero no emiten ningún sonido. No le quito la vista de encima y él no deja de verme, de fulminarme y hacer agujeros de fuego en mi piel. Incluso puedo oler el humo. No es humo de cigarro, es algo que proviene de él. Si me fijo un poco más alcanzo a verlo: de su saco se elevan espirales cenicientas que le rodean la cabeza. Y en medio de todo levanta una mano, la coloca en forma de pistola y apunta a mi corazón. Tensa los labios alrededor de una sonrisa espantosa y dice «bang». Luego todo oscurece. Mis ojos sienten un disparo, casi estallan. O sea, lo que quiero decir es que sigo consciente, pero no del todo. Escucho las otras voces pero muy, muy a la lejanía. Estoy seguro de que tengo una bala en el pecho, pero de pronto la señora Jacobs se cierne sobre mí, me da sorbos de agua fría y me palmea en la espalda.

—¿Richard? ¿Te sientes bien, Richard?

Hago un gesto con la mano.

—Sí, sí, estoy bien, gracias.

Pero nadie me escucha. De pronto ya estoy en mi cama y mamá da vueltas alrededor. Su piel luce tan blanca como la máscara que lleva puesta.

Glen, el policía, no deja de asomarse a pesar de que ya cancelaron su guardia y de que, de hecho, ya no está en servicio. Pregunta si puede hacer algo para ayudar y, cuando mamá cree que me quedé dormido, lo deja pasar. Ven la televisión juntos un rato. Ella incluso se ríe una vez o dos por algo que él dice o algo que ven. Me da gusto que esté aquí haciéndole compañía a mi madre. Me da la impresión de que es un buen tipo.

Más tarde, Glen se va a casa y mamá y yo nos quedamos solos. Ella se sienta y me toma de la mano por un buen rato en silencio. Entre balbuceos le digo que estoy bien, que debería dormir. Ya le trajeron un catre con almohadas y cobijas, así que tal vez se siente relativamente cómoda cuando se acuesta. En el corredor hay silencio absoluto pero estoy seguro de que no podré dormir. El zumbido en mi cabeza no se detiene y siento el pecho ahuecado. Creo saber por qué. Es el lugar donde debería estar Sylvie acurrucada. Sin ella el frío y el vacío son insoportables.

Miro por la ventana y veo que el cielo está completamente oscuro. No hay estrellas, ni luna ni nada. Me parece bien. Simplemente me quedo contemplando la vacuidad por un largo rato y deseo con todas mis fuerzas que hubiera algo que pudiera hacer. Algo que pudiera cambiar.

Se supone que por la mañana todo luce mejor. Es lo que todo mundo dice, ¿no? Pues se equivocan. No es así. Todo luce más brillante porque hay más luces verdes parpadeando alrededor de lo que miro. Ni siquiera puedo beber café porque me quema la garganta y me sabe a metal. Solamente bebo algunos sorbos del té de mamá para complacerla. Lo bueno, lo único bueno, es que le permitieron quitarse la máscara hoy. Un especialista en enfermedades infecciosas le dijo que podría quitársela en cuanto pasara cuarenta y ocho horas continuas sin fiebre. Y de alguna manera ella logró convencer a los doctores de que su temperatura fue de treinta y siete grados por dos días continuos. A mí, sin embargo, me parece que sigue teniendo las mejillas demencialmente rojas. Pero supongo que mamá tiene algunos trucos; debo decir que me agrada mucho volver a ver toda su cara. Me besa en la frente como un millón de veces hasta que la hago parar. Luego me ayuda a subirme a la silla de ruedas, y yo me quedo sentado y pensando. Diseño todo tipo de planes estúpidos para llegar al otro lado del corredor, donde está Sylvie. ¿Qué locura, no? Tener que hacer un plan para llegar al otro lado. O sea, es solo un corredorcito, no es el Sahara.

No obstante, Sylvie está tan lejos como si se la hubieran llevado al otro lado del planeta y la hubieran encerrado. Me quedo pensando un rato en todos esos cuentos, en la hermosa doncella aprisionada en una torre. O en su castillo, el cual se encuentra rodeado de enormes matas de espinas. También hay un foso repleto de serpientes y perros de tres cabezas y cosas similares para resguardarla. Y en muchos casos también está profundamente dormida por culpa de un hechizo. Pero el príncipe siempre llega a ella, ¿no? Nuestro amigo de la realeza siempre cumple su cometido. Escala por los muros de la torre o zanja, derriba los arbustos espinosos con golpes de su espada, no sé, lo que sea necesario. Él siempre llega a ella sin importar los peligros. La despierta con un beso y, ¡listo! Viven felices para siempre en algún reino de la felicidad. A veces, claro, el príncipe también tiene que enfrentarse a un dragón o a dos en el camino. Vaya, es un procedimiento estándar. Entonces, ¿cuál es el verdadero problema? Amo a la chica, ella está en peligro, tengo que llegar allá y despertarla. Corredores, abogados, dragones… nada importa. Es una cuestión algebraica, eso es todo. O sea, lo único que tengo que hacer es resolver el problema paso a paso. Tengo que enfocarme y nada más.

Edward llega para preguntarme si quiero tomar un baño. «*Claro*», le digo, a pesar de que no puedo soportar ni la idea de que me caiga agua caliente sobre la piel. Pero veamos. Ducha = paso número uno. Para ir al cuarto de duchas tengo que atravesar el corredor y, a pesar de que el lugar está del lado de mi familia, tal vez pueda convencer a Edward de que me dé un empujoncito hasta el cuarto de Sylvie. Por lo menos para echar un vistazo, ¿no? Tal vez esté despierta y yo pueda saludarla desde lejos.

Así pues, Edward recoge todo lo que necesitamos para la ducha y me empuja por el corredor. Mamá se va a la cafetería porque cree que estoy en buenas manos. Pero en cuanto se aleja…

—Ay, vamos, hombre, por favor. Ten piedad. No quiero bañarme, solo quiero verla. Solo un vistazo, es todo.

Edward no se detiene. Continúa en trayecto directo al cuarto de duchas. Va tan pegado a nuestro lado del corredor que casi puedo raspar la pared con mi codo. Se inclina y me habla al oído. Al menos sabe que solo puedo escuchar así. Es un enfermero después de todo.

—No, Richard. Tienes que dejar de involucrar a otras personas en tus fechorías. Si seguimos tu juego podemos perder nuestro empleo.

—¿Fechorías? —Tan sólo pronunciar esa palabra me hace sentir raro—. Por favor, hombre, Sylvie y yo estamos enamorados. Hicimos lo que hace la gente que está enamorada. ¿Eso te parece una *fechoría*?

Pero Edward no aminora la marcha ni un poquito. Le da la espalda al cuarto de duchas con un movimiento sutil. En cuanto entramos se sienta en la silla de baño. Su ancho trasero cuelga de todos lados y las rodillas casi le llegan a las orejas: parece un gigante incrustado en un triciclo. Dobla las manos y las deja colgar frente a él. Sus nudillos casi tocan el piso.

—Escucha —me dice—, sé cómo te sientes, en verdad. Ese amor juvenil es muy conmovedor, pero yo ya no puedo meterme en más problemas. Ni yo, ni Jeannette ni nadie. Prácticamente juramos que no permitiríamos que te volvieras a acercar a Sylvia, ni que su padre volviera a tocarte. Nos recordaron que nuestra principal responsabilidad es la seguridad de nuestros pacientes. No podemos seguir jugando a los casamenteros. La seguridad, Richard, ¿recuerdas? Los principios éticos de la medicina: *primero, no hacer daño*.

—Ajá, sí, claro. Dile eso a alguno de los tipos de la quimio, que nos inyectan en las venas algo como cianuro y arsénico combinados. Díselo a los que nos lanzan radiaciones por el culo hasta que los pedos se iluminan. Vamos, todos saben que la radiación es letal, ¿no? *No hacer daño*, qué tontería.

Edward levanta la mano.

—Lo siento mucho, Richard, pero este es mi mantra personal. Y según me dijeron, hay un acuerdo formal entre los Hatfield y los McCoy. No puedes cruzar la línea y yo voy a honrar ese acuerdo. Voy a respetar la frontera marcada en la arena. No quieras jugar conmigo, jovencito. Sabes que no puedo ayudarte.

Me gustaría poder mirarlo con desprecio hasta obligarlo a voltear a otro lado, pero no puedo. Y para ser honesto, lo entiendo: ya no puedo seguir metiendo en problemas a esta pobre gente. Cualquier cosa que planee hacer tendré que ejecutarla yo mismo. Además, ya soy grande, ¿no? Prácticamente un maldito adulto. Así que sólo asiento.

—Está bien, comprendo, pero la verdad es que tampoco quiero bañarme. Creo que en cuanto me caiga agua encima la piel se me caerá.

Edward sacude la cabeza.

—Muy bien, entonces vamos a quedarnos sentados aquí un rato para que piensen que estoy haciendo mi trabajo, ¿de acuerdo?

—Sí, está bien.

Y eso es lo que hacemos. El lugar está calientito y lleno de vapor. Edward empuja el banquito hasta la pared, se apoya en ella y cierra los ojos. Yo me hundo en mi silla y trato de pensar, pero al final me quedo dormido con la cabeza echada al frente.

El resto del día solo echo la flojera en cama. Por la tarde mamá se da cuenta de que lleva demasiado tiempo sentada junto a mí. Comienza a inquietarse y a ponerse nerviosa. Sale a caminar varias veces pero estoy seguro de que siempre se queda del lado Casey del corredor. Ya por la noche, mientras está por ahí dando vueltas afuera de mi cuarto, suena el teléfono. Contesto rápidamente pero tengo que pasar el auricular a mi oído derecho, lo cual se siente bastante raro.

—Habla Richard —digo y luego, en cuanto descubro que es Phil, sonrío.

—¿Qué pasa, mi señor? ¿Quiere usted que asesine al ingrato en su nombre? Porque puedo hacerlo. Lo haré con mis propias manos. Cualquier hijo de puta que se atreve a golpear a un chico enfermo merece…

Me río.

—Ja, ja, ja, naaa, para nada, déjalo vivir. Ya tiene suficientes problemas. Además soy un monarca déspota magnánimo. Puedo mostrar clemencia.

—¡Mierda! Y yo que tenía tantas ganas, pero sus deseos son órdenes. —Phil respira hondo y luego, en un tono más animado, dice—: Oye, hombre, asómate a la ventana en unos tres minutos, ¿sale? Pero espera. —Lo escucho ir y regresar—. Tu abuela quiere saludarte.

Es la abuela.

—Mi amor, quiero que sepas que lo hice.

—¿Hiciste qué? —La cabeza me da tantas vueltas que realmente no sé de qué habla.

Parece que la abuela se sorprende un poco pero no entiendo bien qué pasa. Sin embargo, en cuanto comienza a explicarme noto en su voz cómo se va emocionando cada vez más.

—El asunto de tu padre, Richard. Hablé con un abogado que me dijo que encontrar al tipo y ponerse en contacto con él va a ser pan comido. Y que puede atornillarle el trasero al miserable. El abogado también me dijo que tal vez ni siquiera necesitemos ir a la corte, que, tomando en cuenta que ahora el tipo ocupa un puesto tan importante en el sistema escolar, la mera idea de que lo podamos acusar de engendrar a un hijo que después concibió una de sus alumnas podría ser suficiente para llegar a un jugoso arreglo sin tener que ir a juicio. Sería para tu mamá, Richard. Ya sabes, para… más adelante. —Y después de pronunciar esto último, se queda callada.

Yo me quedo pensando un momento.

—Mmm, entonces sería como extorsión, ¿no? —La abuela resopla.

—No, no, no. Según el abogado con quien hablé, es algo totalmente legal. Y Phil nos apoya también.

—Genial, eso es todo un alivio. Probablemente Phil se presente en la casa del profesor este y se robe los cubiertos de plata antes de darle una golpiza y dejarlo hecho pomada.

—No, para nada, Richard. Vamos a hacer las cosas bien. Espera un minuto…

Phil vuelve a ponerse al teléfono.

—Mi señor, le juro, por usted y por Sisco, que haremos todo de forma legal. Nada de jueguitos. Todo será por vía legítima.

Lo vuelvo a pensar.

—Pero aun así, ¿se dan cuenta de que mamá va a estar realmente, en serio, increíblemente enojada contigo y con la abuela? ¿Sí lo entienden?

Se escuchan un par de gruñidos pero luego dicen:

—Mira, ella ya está enojada con nosotros. —Y entonces ambos comienzan a reír. Es una risa triste, sin embargo. Phil sigue hablando—. Verás, de todas formas tu madre ya no nos habla, no nos permite verte y no nos deja enviarte mensajes, así que... pues al diablo.

Me recuesto de nuevo en la cama y veo el futuro de mamá. El «más adelante». Si la abuela y Phil logran hacer esto, por lo menos va a tener algo de recursos. Y tal vez algún tipo agradable como el oficial Glen se interese en salir con ella. A mí me parece que a él no le molestaría en absoluto. Se ve bien el plan, se ve bien. O al menos, creo que si aún me quedara una gota de fe, tendría la esperanza de que funcionaría. Pero, ¿cuál es la diferencia ya? Con fe o sin fe, a la gente que amamos siempre le van a suceder cosas, ahora o «más adelante». No hay nada que podamos hacer al respecto. Lo único que nos queda es tratar de darle un empujoncito a la situación en la dirección correcta mientras aún podamos. Además creo que ya no tengo opciones. Me doy cuenta —un poco tarde, es verdad— que eché a andar esta bola de nieve en cuanto hablé con la abuela y le pregunté quién era mi padre, y que ahora no hay posibilidad alguna de que ella y Phil no sigan el juego. Imposible. Una vez más, entiendo que tal vez no pensé las cosas bien ni tomé en cuenta las consecuencias. Qué mierda. Lo único que puede uno hacer es lanzar los dados, ¿no es cierto?

—Bueno, sí, háganlo.

—¡Genial! Ahora sí, asómate a la ventana pero no te cuelgues. Verás un despegue, ¡mira!

Me siento en la cama con el teléfono todavía en la mano y miro hacia fuera, al cielo oscurecer. Segundos después aparece un enorme globo de helio que se mantiene frente a la ventana unos tres segundos antes de alejarse volando, pero el tiempo es suficiente para que yo alcance a verlo: es un enorme círculo plateado sobre el que, en enormes y ondeantes letras rojas, se lee: ¡FELIZ CUMPLEAÑOS!

—Qué buena onda —les digo por teléfono—. Gracias, qué buen detalle. —Como no quiero escuchar lo que me van a decir acerca de que se adelantaron un poco a mi cumpleaños, y como tampoco quiero despedirme bien, simplemente les digo adiós apuradamente—. Ups, tengo que irme, acaban de llegar unos doctores —digo y cuelgo. Pero alcanzo a ver que la colita del globo, esa larga, larga tira de listón plateado, continúa subiendo más y más y más. Y más y más hasta desaparecer.

17

Estoy cansado después de todo lo que acaba de suceder. Cansado pero inquieto, demasiado ansioso. Me pongo a pensar en que lancé los dados y que le di un empujón al destino, pero eso solo me hace enfurecer más porque lo que no puedo hacer es llegar a Sylvie. Y estar furioso me infunde energía, por lo que, aunque trabajosamente, me lanzo a mi silla de ruedas y me deslizo hasta la puerta para quedarme ahí un rato. Sigo creyendo que en algún momento se van a presentar unos segundos en que tendré la oportunidad de hacerlo. Puedo rodar hasta allá rápidamente y en silencio. Ahora están pasado las charolas de la cena y hay demasiada gente, pero, por un instante, sé que todos se van a distraer al mismo tiempo. Sé que solo debo ser paciente y observador. Mi oportunidad se presentará pronto.

Desde mi puerta no alcanzo a ver el interior del cuarto de Sylvie. Sólo puedo ver las habitaciones que están directamente del otro lado del corredor: el de la mujer en coma y el cuarto en que solía haber dos viejitos pero ahora solamente queda uno. Esto es una estupidez. Es decir, creo que en total el corredor apenas mide quince metros, pero por alguna razón ahora parece el río Rubicón, el Mar Rojo o algo así. O… ¿cómo se llama el río que pasa por el infierno? ¿Estigia? Tengo la sensación de que basta con que me atreva a tratar de cruzar para que se activen las alarmas.

Pero tal vez si me deslizo un poquito hasta el mostrador de las enfermeras, podré inclinarme —desde mi lado, naturalmente— y echar un vistazo. Así pues, comienzo mi pequeña excursión teniendo mucho cuidado de mantenerme de mi lado. Pero de inmediato me doy cuenta de cuánto he decaído. Mis brazos están tan débiles que difícilmente puedo hacer rodar la silla, y cada vez que me inclino hacia delante me duele el pecho, justo en el lugar donde me pegó aquella bala invisible que me disparó el papá de Sylvie. Tengo los ojos tan dañados que debo entrecerrarlos para alcanzar a ver mis pies, y cuando por fin logro enfocarlos un poco, me doy cuenta de que en el interior de las calcetas blancas que mi mamá me obliga a usar hay unas extremidades inflamadas brutalmente. Parecen salchichones. Lo comprendo de inmediato: si al hecho de que ya casi nunca tengo nada que orinar le sumamos los pies hinchados, el resultado es eso que se llama insuficiencia renal. He pasado demasiado tiempo en hospitales como para no saberlo; además, hasta los más ignorantes entendemos la ecuación: pies gordos = problemas en el riñón. Y cuando a uno le da insuficiencia renal, bueno, digamos que ya no queda mucho tiempo para ser el héroe. Además, es difícil enfocarse porque la mente se nubla y se aclara debido a la cantidad de veneno que hay en tu sangre. Ah, pero qué demonios, no es mucho peor que los fosos de cocodrilos y el aceite hirviendo de los castillos medievales, ¿no? Nadie dijo que fuera fácil ser príncipe. Sigo rodando con la lentitud de la melaza. Para ser honesto, ni siquiera siento que estoy avanzando.

Aunque supongo que sí lo he hecho porque ahora estoy suficientemente cerca del mostrador de enfermeras para ver lo que sucede. Ahí se encuentran mi mamá y la mamá de Sylvie; creo que les van a pedir algo a las enfermeras porque las familias siempre se acercan a ese lugar para solicitar otra cobija, una jarra de agua helada, analgésicos y esas cosas. Veo muy borroso y todo tiene un tono verdoso, pero es suficiente. Las dos mamás están paradas en la enorme estación donde se reúnen los enfermeros y las enfermeras, pero cada una de su lado del corredor. Sin embargo, de pronto una especie de fuerza magnética se activa y ambas empiezan a caminar hacia la otra. Es como una especie de atracción planetaria, como la gravedad multiplicada por diez. A mi madre y a la de Sylvie se les olvida qué era lo que iban a pedir, se ven y, por un instante, sus miradas se entrelazan.

Es como ver el ballet. Ambas madres parecen bailarinas gemelas. La mía es alta y rubia, y la de Sylvie es más bajita y morena, pero nada de eso importa. Las dos se mueven alrededor del mostrador hasta llegar al extremo del cuadrado. Luego dan tres pasos al frente y se encuentran a la mitad del camino, porque estoy seguro de que es exactamente a la mitad, ahí donde está la línea divisoria. Las madres se quedan en su lado por un momento, y todo el piso se congela. Los asistentes dejan de transportar las charolas, los enfermeros dejan de escribir sus reportes y se quedan inmóviles, los visitantes se quedan pegados a su lugar y los Hermanos se detienen a media carrera. Todo mundo observa. No se escucha nada, excepto unas cuantas notitas del arpa que provienen del vestíbulo.

Luego mi madre y la de Sylvie extienden los brazos y dan un paso más y, de pronto se lanzan la una hacia la otra y se envuelven en el abrazo más fuerte que jamás se haya visto. Entonces se escucha un sonido que nadie nunca habría querido percibir. Es un lamento insoportable que inunda el corredor, que nos arrebata el aire. Es letal y no tiene fin. Es tan espantoso que uno imaginaría que Alguien Allá Arriba se va a tener que tapar los oídos, completamente avergonzado.

En medio de la parálisis provocada por ese sonido aprovecho para moverme. Pero no lo hago hacia el cuarto de Sylvie como lo tenía planeado. No, ni siquiera puedo pensar, simplemente huyo.

No sé cómo sucede, pero de pronto estoy en el vestíbulo, en donde la arpía dejó sus brazos caer en cuanto escuchó el alarido. Está flexionada, levantándose con la mano sobre la boca. De repente me ve y se endereza. Toma la situación en sus manos.

—Richard, tenemos que sacarte de aquí —dice.

El elevador está vacío, lo tomamos y bajamos con rapidez. No sé si ella me habla, pero no puedo estar seguro porque aunque lo hiciera no podría escucharla. Al bajar al primer piso me empuja con tanta rapidez que llegamos hasta el frente de la sala de urgencias antes de detenernos. Ahí encontramos a mucha gente que también emite el mismo tipo de alarido que mi madre y la de Sylvie. Hay montones de personas abrazándose y gimiendo. La arpía da una vuelta con rapidez y se dirige a otro lado. Me doy cuenta de que no está tomando decisiones en realidad, solo toma cualquier dirección que me *aleje* de estos lugares, de estos gemidos espantosos.

Entonces levanto la mano.

—Por favor, sáqueme de aquí, ¿sí? Quiero salir.

La arpía empuja mi silla y atraviesa las puertas deslizables. En cuanto estas se cierran detrás de nosotros, el ruido termina. Hace frío y, al principio, el aire me lastima la nariz, la garganta y el pecho, pero no dejo de tragarlo: la frescura, la frialdad y el dolor del aire *exterior*. Se siente bien al tocar mi piel, que siempre está tan seca y estirada estos días. La arpía empuja la silla por el estacionamiento hasta llegar a un borde donde hay hierba congelada que asciende cuesta arriba del hospital. Pone el freno y gira la silla para que pueda ver a la lejanía, más allá de la colina hacia el río. Se quita el chal blanco que lleva y me lo pone sobre los hombros. Luego se agacha y me habla directamente en el oído que sí sirve.

—Tómate todo el tiempo que necesites, Richard, yo te espero —me dice y retrocede para dejarme solo.

La sensación es demasiado extraña. ¿Hace cuánto tiempo que no estoy solo? ¿Cuánto tiempo sin que alguien esté saltando junto o frente a mí? Hace mucho, sin duda. Me envuelvo más en el chal y dejo que el viento llene mis oídos, que opaque el zumbido. Miro colina abajo y veo la ciudad de Hudson: un montón de luces colgadas en una soga floja a lo largo del río. Allá abajo se alcanza a ver que un tren sale de la estación y se dirige al sur de la ciudad. Hace sonar su largo y profundo silbato. Cierro los ojos y pienso en toda la gente que va en él. Tal vez son personas que planean hacer sus compras de Navidad. Mi madre me llevó una vez cuando era chiquito; todavía recuerdo los aparadores decorados y todos los juguetes que se movían en su interior. Mamá y yo nos detuvimos al frente de las demás personas y nos quedamos parados ahí por mucho, mucho tiempo. Mi aparador preferido fue uno que estaba lleno de robots que marchaban y llenaban botas de Navidad. En una silla de metal estaba sentado un robot de Santa que no dejaba de beber de una anforita de metal. En otro de los aparadores vi cosas cuyo orden no recuerdo muy bien, pero creo que había un montículo enorme de papel de envoltura arrugado, cajas abiertas y rasgadas y, de cada una, sobresalía un juguete nuevo. Era la imagen infantil del paraíso. Aunque, quizá, los pasajeros del tren simplemente van a visitar a alguien o a trabajar. No importa, tan solo pensar en ellos me hace feliz. Son gente común y corriente con vidas comunes y corrientes. Y justo detrás de las vías del tren el río hace su tarea como lo ha hecho siempre. Los peces nadan en el agua fría y hacen lo que sea que hagan los peces cuando se acerca el invierno. También ese pensamiento es agradable.

Recargo mi cabeza en la silla y abro los ojos. Miro al cielo con la esperanza de ver estrellas, pero supongo que es una noche nublada porque no hay ninguna. El cielo se ve más negro que nunca. Pero, no sé, incluso así, si uno se le queda contemplando el tiempo suficiente, haya estrellas o no, siempre se siente que en cualquier momento se caerá en él. ¿No es cierto? Ya saben, esa sensación de antigravedad o algo así. Mantengo el rostro apuntando hacia arriba, esperando a que suceda, pero de pronto siento que algo frío y húmedo me toca la mejilla. Espero no estar llorando porque, o sea, no siento que lo esté haciendo pero tal vez ya ni siquiera puedo darme cuenta. Tal vez siempre estoy llorando… Pero luego siento otro beso húmedo, y otro, y otro más. Son cientos de besos. Entonces lo comprendo: está nevando. Es la primera nevada del año. Abro los ojos lo más posible y también la boca. Los copitos caen cada vez más aprisa y forman un espectáculo maravilloso que no dejo de contemplar con el rostro levantado. Vienen hacia mí esos copitos. Me doy cuenta de que caen pero al mismo tiempo tengo la sensación de que me elevo hacia ellos. Es como si me moviera. Extiendo los brazos frente a mí y siento como si estuviera volando.

No sé cómo es que la arpía se da cuenta, pero justo cuando tengo tanto frío y estoy tan cansado que podría caer de golpe en la tierra otra vez, regresa a donde estoy. Sujeta los mangos de empuje de la silla y me lleva de vuelta al interior. En el elevador aprovecha para sacudir la nieve que tengo en los hombros y en la cabeza. Toma su chal y también lo sacude. Los copitos de nieve que caen en el piso del elevador solo duran vivos un segundo.

Lo primero que veo en el vestíbulo es a mi madre y a la de Sylvie sentadas en el sofá con las manos entrelazadas. Están inclinadas y tienen recargada la cabeza una sobre el hombro de la otra. Ambas duermen profundamente.

Llegando al corredor, la arpía rompe el acuerdo. Entonces pienso que esta mujer no tiene paciencia para obedecer las reglas y eso me parece fabuloso. Empuja mi silla hasta llegar al cuarto de Sylvie. No hay nadie ahí con ella, ni guardias ni nada. Lo único que hay en esa habitación es una chica silenciosa sobre la cama, cubierta con un edredón de tela de parches.

La arpía me acerca a la cama.

—Tómate tu tiempo, Richard, si aparece su padre yo me encargo de él. No pienso permitir que ese hijo de puta vuelva a molestarte.

La arpía camina hasta la puerta y se queda ahí con los brazos cruzados como centinela. Me está empezando a agradar mucho esta mujer.

Me quedo junto a la cama por largo rato y trato de decir todo lo que necesito. Es mucho pero creo que logro incluir la mayor parte, aunque me toma bastante tiempo.

Ustedes no necesitan escucharlo y yo tampoco quiero decirles de qué manera trato de invocar a Sylvie, de qué manera le hablo y le confieso que la amo y todo eso. Ni cómo le digo que afuera está nevando, que hay un tren que lleva gente a la ciudad, ni cómo le describo los aparadores llenos de luces y listos para Navidad. Tampoco quiero decirles lo que le cuento acerca de lo que se siente volar. Porque, no sé, es algo privado y además es demasiado importante para expresarlo con palabras.

Me deslizo un poco más y beso su mejilla.

Sería muy agradable poder decir que se despertó, que abrió los ojos y dijo «hola, Rich-Man». Sería muy lindo poder decir que mi beso de príncipe le devolvió la vida.

Pero no pienso empezar a mentir ahora.

La verdad es que no se movió, ni habló.

Pero, como dice Edward, en ese cuarto siempre sucede algo. Es como un campo de fuerza que la rodea, algo que palpita y que me dice que ella está ahí, que sigue conmigo. Es como si estuviera aguardando y esperando para destrozar el hechizo bajo el que se encuentra. Como si esperara nacer para salir de ahí pateando, dando manotazos y gritándole a cualquier persona que se interponga en su camino. A cualquiera.

La arpía entra para sacarme del cuarto, pero nos detenemos un momento frente al dibujo que hizo Phil, ese en el que Sylvie aparece como adulto y está en la cama con su bebé. La arpía lee las palabras que yo no pude y que Sylvie jamás me dejó ver. Señala al bebé envuelto en una diminuta camiseta, y lee:

El pequeño Richard

¿Y quién soy yo para decir que eso es imposible?

Me parece ver que afuera hay luz en el cielo, pero no es suficiente para levantarme. Paso todo el día divagando entre los sueños y lo que es la vida real. Es decir, parece que ya no hay gran diferencia. De todas formas, me doy cuenta de que muchas lucecitas verdes y montones de agujeros de negrura y oscuridad puras se van arrastrando y trepando a mi visión como si se cerraran las cortinas. Escucho que alguien dice «neumonía» y siento que me enjugan el rostro con paños frescos. Me levantan la cabeza y alguien vierte agua en mi boca.

Volteo la cabeza porque acabo de empezar a soñar algo increíble y quiero seguir allí. Sylvie y yo estamos formados en un centro comercial muy grande. Estamos esperando para ver a Santa. Del techo cuelgan enormes esferas rojas y verdes, y a nuestros pies hay montículos de nieve falsa. Hay como un millón de niños corriendo, gritando y riendo por todos lados. Pero Sylvie y yo no somos pequeños. Somos adolescentes, como ahora. Sylvie tiene cabello otra vez y, aunque no es muy largo se le ve precioso. A su rostro lo rodean unos lindos ricitos negros. Ella sonríe; estamos tomados de las manos. Nos besamos cada tres segundos más o menos, son besos prolongados, dulces y sonrientes. Ella tiene sabor a Coca de cereza, y yo estoy tan absorto en sus labios que no me doy cuenta de que la fila avanza. De pronto ya estamos ahí, al pie del enorme sillón rojo, y Santa nos señala. Este Santa es el mismo robot que vi en el aparador de aquella tienda. Es de metal y en el rostro tiene una enorme sonrisa artificial. Dice jo, jo, jo, pero a mí me parece que suena como la voz de Darth Vader porque proviene de esa sonrisa de malla metálica que me parece espeluznante. Tomo a Sylvie de la mano y le digo: «Salgamos de aquí». Pero no. Oh no, ella no está asustada. De repente la veo subir por la rodilla de Santa. Se sienta toda linda y coqueta, y me saluda con la mano. Me sonríe y luego un elfo robot le toma una fotografía. El flash se enciende frente a mí y, por un minuto o algo así, no puedo ver nada. Sin embargo, puedo escuchar. La falsa y estridente voz del Santa-Robot le pregunta a Sylvie qué quiere para Navidad. Ella le contesta: «Quiero estar aquí, muchachote. Quiero *estar* cuando sea Navidad». Pero luego ya no puedo escuchar su voz ni ver su rostro. Nada. El sueño se desvanece y yo sigo atado a este seca y caliente habitación de hospital.

También veo rostros flotando por ahí: Jeannette, Edward, Kelly-Marie, el Hermano Bertrand, la señora Jacobs... parece que hay casa llena pero me es imposible saber si realmente están o no. Las caras vuelan por todos lados y entran y salen como globos tambaleantes. Excepto la de mamá. El rostro de mamá siempre está presente y siempre es real, incluso cuando estoy dormido. Alguien no deja de decir «por favor, Richard, inténtalo, inténtalo». Yo quiero contestarles: «Lo siento pero quiero que se callen. Lo he intentado y lo he intentado pero ya me cansé, ¿de acuerdo? No soy un héroe. Demándenme si quieren».

Sin embargo, ¿saben qué? Uno puede llegar a pensar eso, que se está listo y todo, pero entonces ese Alguien Allá Arriba todavía tiene planeadas una o dos carcajadas más para ti. Es decir, en serio. Incluso en ese último momento pueden surgir un par de sorpresas.

Allá afuera está oscuro, pero yo de repente despierto: ¡Zas! Estoy completamente despierto. Mi mamá siempre dice que los adolescentes somos criaturas de la noche, como vampiros o algo así. Supongo que tiene razón. De pronto estoy tan lleno de energía que podría correr un maratón. Sin embargo, encuentro mi habitación demasiado tranquila: toda esa gente que entró y salió flotando ya se fue a casa. Mamá duerme en su catre. El único rostro que veo es el de Edward, pero me parece que este turno ya no le corresponde. De todas maneras está sentado y roncando en una silla. Las cortinas de mis ojos están abiertas, veo mucho verde pero los agujeros de negrura desaparecieron.

—Oye —le digo. Trato de mantener mi voz lo más baja posible para no despertar a mamá. Me recargo de un lado de la cama—. Este cuarto es el lugar más aburrido del mundo. ¿Por qué todos están durmiendo? Vamos, hombre, la noche apenas comienza.

Edward se sienta y me mira totalmente confundido.

—¿Qué? —Me mira y abre los ojos al máximo—. ¿Richard? Oye, muchacho, qué bueno verte despierto. —Luego se para y me pone la mano en la frente—. ¡Vaya! Todavía estás demasiado caliente —dice y toma un termómetro.

—Deja eso, estoy bien. —Y es la verdad, me siento bien. Bueno, relativamente. Estoy algo mareado y siento, no sé como describirlo, pero es como si tuviera pesadez en el pecho. Sin embargo, creo que estoy bien en general. Se me ocurre que así deben sentirse la mayor parte del tiempo las mujeres que tienen pechos grandes. Como que les pesa el frente.

Edward deja el termómetro a un lado.

—¿En serio? ¿Te sientes bien?

—Síp. —Me quedo sentado un minuto y luego le digo—: Oye, Edward, ¿alguna vez has tenido la sensación de que va a suceder algo? ¿Como si se supusiera que tienes que atender un pendiente? No sé, ¿algo que olvidaste pero que es importante? —Edward sólo arquea las cejas.

—Supongo que sí.

—Bien, pues yo tengo algo que hacer pero no estoy seguro de qué se trata.

—¿Aaaajá? Bueno y, ¿te puedo ayudar de alguna manera? Me quedo pensando un rato.

—Creo que lo mejor es que pueda moverme, ¿sabes? Tal vez debería subirme a mi silla y estar listo.

Edward gruñe un poco cuando le explico, pero yo ya estoy descolgando mis piernas —mis gordas, hinchadas y ajenas piernas— a un lado de la cama. Él chasquea y se queja pero de todas formas acerca la silla de ruedas y me levanta para sentarme en ella. Pero hablo en serio, ¿eh? El hombre me levanta por completo, yo no tengo que mover ni un músculo y, de hecho, hasta mi cabeza cae sobre su hombro por un minuto.

—Gracias, amigo —le digo.

No sé por qué pero quiero ir al corredor. Es decir, ya sé que no puedo acercarme a Sylvie y sé que, de todas formas, mis besos no van a despertarla, pero quiero estar ahí y enfrentarme a cualquier cosa que venga.

Pero sucede que lo que viene es precisamente el padre de Sylvie. Camina por el corredor pero se mantiene de su lado. Nos mira de reojo a mí y a Edward. Se queda parado del otro lado y me fulmina con la mirada. Desde aquí puedo oler el humo y el alcohol que mana su cuerpo. Y alrededor de su cabeza veo una especie de luz anaranjada que parpadea. Sacudo la cabeza y me tallo los ojos pero la luz no desaparece. Supongo que es real, que es el aliento de dragón contenido. Tal vez sólo yo puedo verla pero me parece que es tan clara como la luz del día. El hombre no arroja fuego pero sé que este se encuentra por ahí ardiendo en algún lugar.

18

El padre de Sylvie camina por el corredor. Atraviesa la frontera invisible y sigue avanzando. Edward muestra las fauces y ruge. Es como si fuera papá oso, y yo fuera su cachorro.

—Todo está bien, hombre, no te preocupes —le digo y, gracias a eso él no se mueve y tampoco empuja la silla, nada más mantiene las manos en los mangos, listo para actuar.

El padre de Sylvie se detiene precisamente frente a mi silla. El traje que lleva puesto es demasiado grande: le cuelga como una especie de piel arrugada y gris. Tiene un patrón de líneas muy delicadas, algo que yo jamás había visto en una prenda. De pronto, noto que esa piel que lleva tiene escamas. «Es una piel de reptil», pienso. Es como si esta capa gris fuera la piel vieja que va a mudar. «Debajo de eso es dorado», pienso. «Con rayas negras». Así es como siempre me he imaginado al Dragón Smaug. En ese momento me restriego los ojos para deshacerme de las burbujas verdes que veo, y digo:

—Buenas noches, señor.

—Richard —dice a modo de respuesta. Sonríe y se inclina ligeramente a la altura de la cintura. Tiene los dientes manchados y pésimo aliento—. Escuché que hoy estuviste... bastante mal, digamos. Sin embargo, ahora estás aquí y te ves muy sano y animado. Me da gusto. —Edward comienza a decir algo pero el padre de Sylvie lo interrumpe—. ¿No te gustaría pasar estas horas de la madrugada jugando cartas, Richard? —Mira a Edward—. En la sala de estar, por supuesto, la cual es territorio neutral. ¿Estás preparado para un juego de azar?

Puede apostar a que sí. El azar es lo único que me queda ahora, ¿no es cierto? No obstante, Edward empieza a rezongar.

—Lo lamento, señor Calderone, pero este jovencito no está en condiciones de...

—¿Por qué no dejamos que el jovencito mismo lo diga? ¿Por qué no mejor cierra usted la bocota?

Me da la impresión de que Edward está a punto de saltar sobre la silla de ruedas y estrangular al padre de Sylvie con sus propias manos, por eso debo intervenir.

—Por favor, no hay necesidad de decir estas cosas —exclamo—. Estoy en perfectas condiciones para jugar a las cartas. Hagámoslo. Vamos para allá. —Empiezo a hacer rodar mi silla, pero la verdad es que sólo estoy tratando de alardear porque me encuentro demasiado débil para impulsarme. Sin embargo, al sentir el movimiento, Edward reacciona y sale de la parálisis que el enojo le provocó.

Respira muy, muy hondo y dice:

—Richard, tú no vas a ir a ningún lado con este hombre.

El padre de Sylvie sacude la cabeza y sonríe con una actitud muy amistosa y razonable.

—Lo siento —dice y se talla los ojos—. El estrés me vuelve loco, disculpen. —El hombre incluso se ve un poco apenado. En serio que este tipo es un alienígena mutante—. Lo único que estoy proponiendo es una partida amistosa de póquer. Y que también invitemos a otros, naturalmente. Es solo para pasar el tiempo. —Entonces mira por encima de mi hombro, más allá, y dice—: ¿Quizás a usted le gustaría jugar también, señor?

Cuando volteo veo al hijo de la señora Elkins, quien asiente de inmediato.

—Por supuesto. Sí, cómo no.

—Maravilloso. Entonces iré a preparar la mesa. —El padre de Sylvie está tan complacido que casi trota por todo el corredor.

—Vamos, hombre —le susurro a Edward—. Déjame jugar. Quiero darle una paliza a este hombre. Quiero pisotearlo hasta que la cara se le convierta en pulpa. Por favor. Dame esta última oportunidad, ¿sí?

Edward ruge una vez más, pero sé que él también quiere verme hacer pomada al tipo, y por eso va a dejar que este juego se lleve a cabo. Porque, además, no tiene opción, ¿o sí? ¿Ustedes se negarían a los últimos deseos de un chico agonizante? No lo creo.

Estoy un poco confundido porque no sé cómo llegaron todos a la sala familiar. Es decir, para cuando logro apaciguar a Edward y llegamos al lugar, ya está lleno de gente sentada alrededor de una mesa plegable. Ahí están el hijo de la señora Elkins, el papá de Sylvie y, para mi enorme sorpresa, también está la arpía. Su blanco cabello es como una inmensa nube encrespada que le rodea el rostro. Viste una especie de traje largo de coctel de color blanco también. Me sonríe.

—Hola, Richard —dice al tiempo que baraja las cartas a la velocidad del rayo. Me impresiona tanto que me le quedo viendo boquiabierto.

—¿Qué hace usted aquí a esta hora? Es tardísimo.

La arpía niega con la cabeza.

—Estoy cuidando a mi hermana. Por lo general me quedo a dormir.

Su respuesta me sorprende mucho.

—¿Su hermana?

Edward se agacha y me susurra al oído.

—Sí, la señora que está en coma en la habitación 306. ¿Acaso no lo sabías? Son *gemelas*, Richard. ¿Por qué crees tú que pasa aquí todo el día sentada tocando el arpa?

De acuerdo, la mandíbula casi me llega al suelo. Entonces, la arpía y la mujer en coma son gemelas. Una agoniza y la otra se desgarra el corazón tocando el arpa todos los días. Estoy atónito, no puedo ni hablar, pero de todas formas trato de disfrazar mi abismal ignorancia con algunas palabras.

—Qué buena onda —le digo a la arpía—, me da gusto que esté aquí. Oigan, ¿y por qué no invitamos al señor del 305? Ya saben, con el que jugamos la otra noche. Vamos a preguntarle si quiere participar.

Pero de pronto todos se quedan callados y me miran.

—Ay, Richard… —exclama la arpía.

Cierro los ojos un minuto. Hay cosas que no sé, pero me creo tan inteligente. Es obvio que me he perdido de varios sucesos por aquí. Sólo me queda rodar mi silla hasta la mesa.

Edward nos informa:

—Yo no voy a jugar, sólo estoy aquí para cuidar a Richard.

El padre de Sylvie sonríe.

—Vaya, el rey Ricardo trajo a su lacayo. ¿Qué sigue? ¿Un catador que se asegure de que su comida no esté envenenada? Bueno, no importa, que comience el juego.

Es un simple juego de póquer, nada especial. Como no tenemos fichas, el padre de Sylvie trajo sustitutos. Son objetos que al parecer tomó de la bodega de suministros. Frente a él tiene apilados vasitos de plástico de los que se usan para darnos las medicinas, y trozos de gasa grandes y pequeños. Todos lo contemplamos mientras él toquetea las «fichas». Luego la arpía deja la baraja en la mesa y pregunta:

—¿Y cuánto vale cada cosa? Es decir, ¿qué vamos a apostar? Quiero saber cuál va a ser el capital para las apuestas.

El padre de Sylvie levanta las cejas.

—Oh, ¿acaso no lo dije claramente? Vamos a jugar días. —Todos lo miramos con sorpresa—. Ay, por favor, es muy sencillo. Cada vasito equivale a un día. Las gasitas, a dos días. Los trozos grandes de gasa son tres días. ¿Entendieron?

El hijo de la señora Elkins aclara la garganta antes de hablar.

—Ajá, sí, pero... ¿días de qué?

—Días de vida, por supuesto. Para nuestros seres amados o para nosotros mismos. —Se me queda viendo. Está tan cansado y desgastado que su rostro parece una calavera. Solamente veo un cráneo sonriente que repiquetea—. Días de vida para cualquier paciente de este piso a quien representemos.

Los ojos de la arpía se encienden.

—De acuerdo —dice—, me parece bien.

Yo me quedo pensando un ratito. Un día, dos días, tres... multiplicados por la cantidad de veces que los otros pierdan. Multiplicados por la cantidad de veces que puedo ganar. Creo que es bastante. Bastante tiempo para que los científicos hagan su tarea. Para que entren corriendo y atraviesen el corredor con vasos de precipitado rebosantes de magia hecha con veneno de serpientes. Tiempo para que vengan con la cura a toda velocidad. Porque, escuchen: yo también quiero estar aquí para Navidad. Y para mi cumpleaños. Al igual que todos los demás, quiero *estar*.

Esto me parece muy, muy divertido. Sobre todo porque no he mencionado algo: excepto por aquella noche que jugamos *gin* con el viejito, yo siempre he tenido muchísima suerte en los juegos de naipes. O sea, desde que estaba chiquito ya era un campeón. A los cuatro le ganaba a mi mamá en Go Fish, en serio. Y en las noches de póquer que organizábamos mis amigos de la secundaria y yo cada semana casi siempre ganaba. De hecho llegó un momento en que ya no quisieron seguir jugando conmigo. Luego, siempre ganaba cuando jugaba con los compañeros de cuarto del hospital en turno. Siempre ganaba, y jugábamos durante días. Así que estoy perfectamente hecho a la idea: voy a ganar un montón de días. Hablo en serio.

—Juguemos —les digo.

La arpía reparte las cartas. Lo hace como si estuviera trabajando en Las Vegas.

Pero no se preocupen, no pienso aburrir a nadie con los detalles del juego. Esto no es una narración televisiva de un partido estilo Texas Hold'Em, sino póquer tradicional. Al principio todos ganan un poco pero también pierden un poco. Solo jugamos, eso es todo. Estamos relajados. Sin embargo, debo mencionar que la arpía es bastante ruda. No puedo descifrar ni una de las arrugas que tiene en la cara. Es como si estuviera muerta, no hace ningún gesto. Me doy cuenta de que quiere ganar más tiempo, mucho más tiempo para su hermana, pero no sé para qué. Porque, o sea, ella está «lejos desde hace mucho». Pero bueno, uno no puede hacer que la gente entre en razón sobre este tipo de cosas, ¿verdad? La vida sigue siendo la vida… hasta que deja de serlo. Supongo.

El hijo de la señora Elkins es bastante cínico. Bosteza y juguetea con sus cartas. Apuesto a que ya está preparado para que su madre perfore su tarjeta de salida. Tal vez su madre también está preparada. Creo que él solamente quiere perder el tiempo, y me parece lógico.

Pero, ¿y el padre de Sylvie? El hombre está jugando totalmente en serio. Me asusta como no tienen idea. Porque el tipo en realidad no está jugando a las cartas: está librando una guerra. La piel se le pone más gris a cada minuto, le crece barba de toda la cara, huele como si alguien le hubiera hecho pipí encima después de beber whiskey Wild Turkey, y para colmo tiene un extraño brillo alrededor de la boca. En un par de ocasiones lo sorprendo mirándome y eso me provoca escalofríos. Vaya, el tipo está que arde. Me gustaría poder tomarle una fotografía infrarroja para que todos vieran las llamitas que le salen de las orejas. Yo sí las puedo ver, se los aseguro. De hecho, creo que con todo lo que percibo en él, con el esfuerzo que hago para mantener fuera de mi vista las lucecitas verdes, y con el esfuerzo para enfocarme en los corazones, las espadas, los tréboles y los diamantes que me saltan alrededor, voy a terminar en un estado mental bastante extraño. Estoy empezando a creer que el papá de Sylvie es en realidad el mal mismo encarnado, y que no solo estamos jugando para ganar días. Creo que nos estamos jugando mi alma. Pero no por unos cuantos días, sino por toda la eternidad. Y, por supuesto, eso es suficiente para afectar la confianza de un chico, esté alardeando o no.

Pero bueno, como a las cinco de la mañana el hijo de la señora Elkins ya se rindió. Está completamente dormido en la silla con la cabeza hacia atrás y roncando como sierra eléctrica. ¿Y la arpía? En la última mano empezó a maldecir. Fue cuando le salieron cartas pésimas. Luego aventó su juego sobre la mesa y salió furiosa de la sala con el vestido largo colgándole detrás. ¿Edward? Se acurrucó como bebé y se quedó profundamente dormido en el sofá.

Pero por supuesto: así es justo como debió serlo desde el principio. Todo se resume a Richie vs. El Dragón. Al diablo Hatfield vs. McCoy. Este es el verdadero encuentro. Con las mayores apuestas del mundo. Afuera, el amanecer por fin comienza a manifestarse en el cielo, y en la mesa que nos separa hay montículos enteros de días. Ya no tenemos nada más que apostar. El momento ha llegado: ese en que todo cuelga de un hilo y solo espera el más mínimo empujoncito para inclinarse hacia un lado o hacia el otro.

Contemplo los tres *jacks* que tengo en la mano: son tres jovencitos fuertes. Y me pertenecen, qué dulzura. Y él, ¿qué mira? Quién sabe. Bueno, en realidad me mira a mí, precisamente. Está esperando… que yo aseste el golpe y lo aniquile. No tiene cartas, lo sé, me doy cuenta. Les voy a compartir un truco: uno no se da cuenta que el oponente está alardeando a través de los ojos, como muchos dicen, sino a través de los labios. Porque los labios tiemblan, ¿saben? Cuando tú de verdad, en serio, real, absoluta y contundentemente *tienes que ganar*, los labios te delatan. Pero en este caso los labios del papá de Sylvie parecen un par de alas de murciélago que se baten sin parar. Observo las ganancias. Calculo que ahí debe haber unas cuatro o cinco semanas de vida, tal vez más. Eso es más que suficiente tiempo para que los amiguitos científicos inventen algo, ¿no es cierto? Más que suficiente para que suceda cualquier cosa.

Y además, tengo la mano ganadora, estoy seguro. Estoy a punto de mostrarla y de cobrar mis días —*mis* días— cuando de repente el tipo aplica el truco más asqueroso que jamás he visto. Primero muestra su juego cara arriba.

Tiene un par de reinas, tréboles y espadas. Ambas son damas de cabello y ojos oscuros. Muy hermosas las dos. Luego se inclina sobre la mesa y me mira directamente a los ojos, y en voz muy, muy baja, dice:

—Ella tiene quince años, Richard. Quince.

Lo que quiere decir es que yo ya viví dos años más. Su comentario es como una fuerte bofetada. Ya viví unos setecientos treinta días más que Sylvie. Miro la tercia: *jack* de espadas, *jack* de diamantes y *jack* de corazones. Dos de ellos son los sospechosos tipitos de un ojo, bigotito y cabello negro bien peinado, que parecen padrotes. El otro, el *jack* de tréboles, me observa de frente. Él es el tipo bueno, el honesto. De pronto pienso en los diminutos senos de Sylvie, en que, entre mis manos, se sentían como pajaritos recién nacidos. Pienso en que confió en mí, me dejó entrar en ella.

Me tomó bastante tiempo darme cuenta, ¿verdad? Comprender que en realidad lo que aquí nos estamos jugando son almas y corazones. Almas y corazones.

Cierro mi juego y pongo las cartas sobre la mesa, toda bocabajo. Los tres jóvenes, invisibles. En realidad no importa, el papá de Sylvie no va a mirar. Ni siquiera lo soportaría. No quiere saber qué cartas tengo.

—Me ganó, señor —le digo—. Felicitaciones.

El padre de Sylvie toma todos los días entre sus brazos. Se ríe como una hiena pero también está bañado en llanto. Toma los días, se levanta y corre hasta el cuarto de su hija.

Yo me vuelvo a recargar en la silla. Por un instante, cuando el papá de Sylvie tomó todos esos trozos de gasa y vasitos para medicina, me pareció que era idéntico a ella. Porque Sylvie también arrebata. Y entonces, momentáneamente, siento que yo también podría amarlo. Porque, o sea, piénsenlo: ¿no es así como debería ser un padre? Es decir, si

Sylvie fuera hija de ustedes, ¿*qué* no serían capaces de hacer por ella?

A la mañana siguiente estoy de nuevo en mi cuarto. Atado a la cama con tubos de oxígeno que me suben por la nariz. Pero incluso entonces mantengo los oídos atentos para escuchar los chismes del pabellón. Escucho que la hermana de la arpía murió durante la noche. También la señora Elkins. «Una noche difícil», murmura la gente. Noche difícil. La verdad es que no creo que haya algo sobrenatural o raro acerca de que estas dos mujeres hayan perforado su tarjeta de salida anoche. Imagino que las dos quisieron apurarse y terminar con este asunto mientras quienes las cuidaban estaban fuera de la habitación, jugando póquer por ahí. De acuerdo con lo que he escuchado, muchos hacen ese tipo de cosas con frecuencia: esperan hasta que se encuentran solos. Me parece lógico porque, cuando estás solo y por fin tienes algo de privacidad, entonces las cuerdas que te tienen atado a la tierra se *rompen* y por fin logras elevarte. Aunque no estoy seguro de poder deshacerme de mamá. Siendo totalmente francos, mamá es igual de feroz que Sylvie. Y me parece bien que así sea. De hecho me da gusto que esté aquí ahora conmigo. Es curioso… pero la arpía sigue tocando, desde aquí la escucho. Sigue ahí.

Pero todavía hay más noticias. Asombrosas, de hecho. Resulta que durante la noche, con todo el *rompimiento* de cuerdas que hubo, Sylvie se recobró. La señora Jacobs vino a decirme que ya despertó y que está sentada en su cama bebiendo café. Eso fue lo primero que pidió. No fue agua ni Ginger Ale sino café. Negro, caliente y lleno de cafeína. Dijo que era hora de despertar. Esa es mi chica.

Estoy seguro de que va a tomar las cuatro, cinco o no sé cuantas semanas que gané para ella. Esa chica está demente, es una fiera. Pero, claro, es que por sus venas corre sangre de dragón. Sylvie va a tomar cada uno de esos días y luego va a escapar. Saldrá de aquí, lo sé. Tiene cosas que hacer allá fuera.

Yo también. Al menos, una cosa más. Pero no hay problema, tengo ejemplos a seguir que me han enseñado que debo ser paciente. Esperaré que llegue el momento indicado y luego haré lo correcto.

Porque en realidad no tiene caso esperar que llegue tu cumpleaños si ya creciste, ¿no es verdad?

No se preocupen por mí. Todo estará bien. Diablos, la verdad es que, por cualquier lado que lo vean, tanto Sylvie como yo estaremos bien. Lo juro.

Y, bueno, en realidad eso es todo lo que tengo que decir.

Cambio y fuera.

AGRADECIMIENTOS

En primer lugar, mi más profunda gratitud para Matt Dyksen, mi cuñado, quien disfrutó de la arpista en el pabellón y quien, en verdad, mantuvo una actitud alegre todo el tiempo. Muchas gracias a los lectores de las primeras versiones de este libro, quienes me hicieron varias sugerencias muy útiles: Bill Patrick, Tobias Seamon, Dan Dyksen, Libby Dyksen, Erika Goldman y Nalini Jones. También le agradezco a Danielle Ofri, quien publicó la historia original: «SUTHY Syndrome» en *Bellevue Literary Review*, y quien ha apoyado mi trabajo increíblemente. También un agradecimiento muy especial a Gail Hochman y a Elise Howard por compartir conmigo su entusiasmo, conocimiento y sabiduría.

Finalmente, agradezco a los doctores, a las enfermeras y a todo el personal que cuida a los niños enfermos de todos los hospitales y pabellones para enfermos terminales de todo el mundo. Para ellos, mi gratitud y admiración infinitas.